书，当然要每日读。

不一定要有意义

[新] 蔡澜 著

蔡澜的人生经验

北京时代华文书局

图书在版编目（CIP）数据

不一定要有意义 : 蔡澜的人生经验 / (新加坡) 蔡澜著 . -- 北京 : 北京时代华文书局 , 2025. 6. -- ISBN 978-7-5699-5921-5

Ⅰ . I339.65

中国国家版本馆 CIP 数据核字第 2025TX8595 号

北京市版权局著作权合同登记号　图字：01-2024-5817

Bu Yiding Yao You Yiyi：Cai Lan de Rensheng Jingyan

出 版 人：陈　涛
选题策划：陈丽杰　王立刚
责任编辑：徐小凤
营销编辑：赵莲溪　宋馨谷
内文设计：段文辉
装帧设计：@muchun_ 木春
责任印制：刘　银

出版发行：北京时代华文书局 http://www.bjsdsj.com.cn
北京市东城区安定门外大街 138 号皇城国际大厦 A 座 8 层
邮编：100011　电话：010-64263661　64261528

印　　刷：河北环京美印刷有限公司
开　　本：880 mm×1230 mm　1/32　　成品尺寸：140 mm×210 mm
印　　张：10.5　　字　　数：271 千字
版　　次：2025 年 6 月第 1 版　　印　　次：2025 年 6 月第 1 次印刷
定　　价：59.00 元

代序·我的二哥蔡澜

二哥蔡澜身份极多，是写作人、专栏作者、电影制片、食评家、旅游策划人、美食纪录片的监制、食品商人等。他爱看书，嗜美食，喜烹饪，还精书法、金石、绘画、摄影等，是个杂学之士。有人当他是偶像，我亦敬佩他的多才。

很多人以为二哥是中国香港人，其实他是新加坡人，只因在中国香港工作，住了三十多年，喜爱中国香港的自由和气候，现已比中国香港人更熟知中国香港。

二哥年轻时脾气有些急躁，现在却凡事看得开，心平气和，所以虽年长我六岁，外貌却比我年轻。

二哥自小和电影结缘。当时父亲是南天大华戏院的经理，二哥也是每天在戏院里，奶妈一边喂他吃饭，他一边看戏。中学时他常逃学，带一名骑“士古打”（Scooter）的同学去看戏，常常一天连看五场电影。为了看懂西洋片，他努力学习英文，还上英文夜校。

后来他写影评，发表在报纸上，得了稿费就邀一二好友上酒吧作乐，说是体验生活。二哥以“连思澜”的笔名写影评，当时一位导演易水先生拍了两部本地电影，二哥下笔评得好差。父亲与易水先生相识，两人相遇后，父亲忙向易水先生道歉。

那时二哥很崇拜詹姆斯·迪恩（James Dean），有关迪恩的报道和照片，他都一一收藏，整理成厚厚的剪贴簿。他学着偶像的样子，穿白色T恤和牛仔裤，嘴角叼支香烟，还玩小弹簧刀。

在学校，二哥的中英文很好，却讨厌数学，有时还在测验卷上画猪，所以常得零分。那时他对绘画深感兴趣，曾跟刘抗老师学粉笔画。记得他说过，用粉笔的颜色画人的肌肤最像。开始他只画水果，后来画人像，尤其是画女孩子画得美。

中学时他交了不少女朋友，又迷上摄影，所以常找女朋友拍照，家中又自设暗房冲洗照片。我发现，他喜欢的，多是高挑、留长发的女孩子。二哥几个女朋友中，有一位曾为他自杀未遂，幸好大姐帮他把事情摆平，大家才松了一口气。

二哥的经历丰富多彩，正如他监制过的电影，让人紧张、好笑、刺激、多变化。

二哥在中学时期，我行我素、放荡不羁，所以学校常容不得他，叫他退学。他就转念其他学校，中正、华中、德新都读过。中学念完，他本想到法国留学，母亲见他爱喝酒，怕他到了法国变成酒鬼，不让他去，后来答应送他去日本，母亲一时忘了日本才是“酒国英雄”的天地。

二哥在日本留学，一住就是九年，一年就读日语学校，四年大学，加上当邵氏公司驻东京代表四年，所以日语非常好。我前阵子见他上日本电视节目《铁人料理》当裁判，以流利的日语进行评说，令日本友人折服。他在日本大学念的是影艺系，后来我也到日本求学，还在二哥住宿房里找出当时他拍的八米厘的作品，一看他所拍的主角，又是一位高挑、留长发的女孩，那是他的日本女朋友。

邵氏在东京车站前八重洲地区有间小小的办事处，职员只有两三人，二哥任职代表，主要工作是接洽买片事宜、影片冲洗、影业工作人员的聘请等，甚至有一两位女艺人要到日本整容，也请二哥介绍和安排。她们手术过后，他在家里请她们吃饭，故意说起黄色笑话，引得女艺人既大笑又喊痛，因为牵动了面部还贴着胶布的伤口。

二哥后来被香港总公司招去做监制，并监制过多部文艺作品，但最让人难忘的反而是他的几部风月片，影片成本低又有高票房，虽然让老板满意，但是二哥被冠上“咸湿监制”的称号。

一次，台湾地区电影公司与邵氏合作，二哥被派去负责，他遇上台湾地区女制片张小姐，工作上张小姐多方帮助，二人日久生情。母亲见二哥年龄渐长，一个人在外地没人照顾，劝、逼他结婚，后来张小姐就成为我二嫂了。二哥在文章中极少提及自己太太，二嫂也一向低调且聪明，深知二哥野马性格，便从不约束二哥，任他闯荡江湖，知马儿终会回家归槽。

那时我南大（南洋大学）毕业，还想进修影艺，当时家里只是小康水平，没余裕再供我去外国留学。二哥知我心愿，答应一切由他来供应，所以我在日本的三年学费和生活费，都托二哥省吃省穿所提供，至今我心中感激。本来我也想念影艺以后从事电影事业，但二哥已看出当时日本电影事业日渐斜阳化，并说香港电影最后也会走上一样的道路，劝我改念电视，以后电视会发展得快，后来情况确实如此。

二哥在邵氏公司任制片经理多年，大公司权力斗争之下，有过事业低潮的时期。他为在逆境中寻找乐趣，便拜冯康侯老师为师，学习书法和印刻。

二哥每天都练书法，勤修之下颇有成绩。他初期著作书名都由父亲题字，父亲过世后，再出版的书，他已能效仿父亲字体题写书名。

邹文怀先生成立嘉禾公司，招二哥跳槽。由于父亲是邵氏老臣，与老板关系深厚，二哥有所顾忌，若过去有背叛之嫌。还好邵老板见他已有去意，自动放二哥一马。

二哥在嘉禾任副总裁多年，监制了许多电影，包括几部成龙的戏。后来电影业受盗版光盘打击，渐步向斜阳，那时二哥写专栏成名，竟有旅行社冒充他的名字，在报纸刊登由蔡澜主持的旅游广告。机缘巧合，二哥一位留日同学徐先生是一家大旅行社的老板，力邀他加入公司当真正的策划。

二哥长住日本，是吃喝玩乐的专家，当日本旅游策划当然易如反掌，于是答应徐先生改行加入旅行社。

二哥所策划的美食团，虽比一般旅行团收费贵，但吃、住、行都是一流享受，参加过的人都觉得物有所值。

二哥不仅熟知日本，也到许多国家拍过戏，每每住上数月。每到一处，他爱寻找美食，成了识途老马，由他策划这些国家的美食旅游，一切自会令人满意。

二哥长期到处涉猎，使他见闻广阔，写起专栏来有无限题材。

二哥虽长住香港地区，每年必为父亲忌日和母亲生日回新加坡两次。

他自小好奇心重，喜欢尝试新事物，爱以自己所创的方法去制作和经营茶、酱料、月饼等产品。他有名言："凡事去做，成功率是五十对五十；不做，成功率是零。"他只享受做的过程，能否赚钱只是其次。

二哥凡有任何烦恼，从不向他人诉苦。他认为讲了，听者也帮不上忙，徒增他人的不快和忧心。

他也怕与言之无味的人交往，说是浪费生命；又说到如今年纪，他有资格直话直说，不必顾虑他人。

我要形容二哥，只能引用他在专栏中写过的一段话："在飞机上突遇气流，机身大震，有人吓得面青唇白，见他若无其事，不禁问他：'你曾死过吗？'二哥懒洋洋地回答：'我曾活过！'"

蔡萱

1 Part 蔡澜谈家人

2 Part

蔡澜谈亲师好友

3 Part 蔡澜谈人生经验

4 Part 蔡澜对谈蔡澜

蔡澜先生谈家人的逝去，本章中不以时间先后排布。

”1 Part

蔡澜
我的家人

老家和远祖

老家

老衲（蔡澜自称）的老家在金石市，由汕头到潮州府城必经之地。面包车的司机一路询问途人，终于找到了。

先入眼的是一棵巨树，当年日本人要斩去当柴烧，祖母英勇抗议，才得以保留下来，父亲回忆道。

村子里只有老家立着石门，浮雕着明朝朝廷赐给我们祖先的“侍御之第”四个大字。蔡家被邻近称为“石门蔡”，父亲也曾以“石门”为笔名。

典型的中国民间古屋，进门后是前厅，中间是院子，左右各两间房，后面是大厅。

我不认识几个父亲的远房亲人，提起名字之后方才记得。老家已被村人占用，年久失修，天井遍是脏水污渍，走廊还养了几只鸡、一头猪。大厅不知什么时候被村人供奉了一座真人一般高大的关公神像，神像旁边堆着饲料和稻草。

嘈杂声渐强，不知不觉已围上近百人的旁观者。天气炎热，汗味阵阵。老衲溜到屋后土地公庙前许了一个愿：祝双亲健康、快乐、长寿。

五十多年来，老家是变了，变得面目全非，父亲说完摇摇头，继续上路。

远祖

路上，父亲不断长叹，原本的老家，对着一座秀丽的山峰，门前有一个小湖，是属于家中的产业。而今，小湖被人填为田园，只存下一条小溪，风光煞尽。

从前，每当天气晴和，妇女们在湖边捣衣，远方桑浦山之玉简峰倒映在湖面，而山峰的灵犀塔亦于湖面摇晃，实在是美到极点。

“什么是侍御之第呢？”老衲问。

原来远祖是进士出身，当过监察御史，出任江西巡按，亦曾侍驾南狩。

远祖退隐之后，在老家书斋写他的《思无邪斋诗集》，可惜已经湮失。他享年五十九岁，故居后面的另一个大池塘叫“五九池”，据说是乡人痛惜他不长寿而命名的。

父亲又说：“远祖建立石门之后，还亲书‘南无阿弥叭呢哞’七个大字刻在石条上。”此次老衲还见到它被扔弃河边。老衲在想，先祖亦是“与佛有缘”，可惜老衲读不到他的诗集，存下来的，只有大门外的一副对子：豸第辉煌犀塔拱，石门高大玉峰朝。

记忆中的家

我们小时候住的地方好大，有二万六千平方尺[①]。

我记得很清楚，花圃里有个羽毛球场，哥哥姐姐的朋友放学后总在那里练习，每个人都想成为“汤姆斯杯”的冠军得主。

屋子原来是个英籍犹太人建的，楼下很矮，二楼较高，但是一反旧屋的建筑传统，窗门特别多，到了晚上，一关就有一百多扇。

由大门进去，两旁种满了红毛丹树，每年结果实，树干给压得弯弯的。父亲会用根长竹竿剪刀切下，到处送给亲戚、朋友。

起初搬进去的时候，还有棵榴梿树，听邻居说是“鲁古”[②]的，父亲便雇人把它砍了，我们摘下未成熟的小榴梿，当手榴弹扔。

房子一间又一间，像进入古堡，我们不断地寻找秘密隧道。这么多房间，打扫起来，是一大烦事。

粗壮的凤凰树干，是练靶的好工具，我买了一把德国军刀，直往树干上飞，凿出个大洞。父亲做工回家后，我被臭骂了一顿。

我最不喜欢做的，是星期天割草。当时的机器，为什么那么笨重？四把弯曲的刀，两旁装着轮子，怎么推也推不动。

父亲由朋友的家里移植了接枝的番荔枝、番石榴。矮小的树上结果，我们不必爬上去便能摘到，肉肥满，核又少，甜得很。

等我们长大一点儿，见哥哥姐姐在家里开派对，自己也约了几个女朋友参加，一揽她们的腰，为什么那么细？

---

① 平方尺：1平方尺约等于0.111平方米。

② 鲁古：果实硬化不能吃的意思。

由家到市中心，有六英里[1]路，要经过两个大坟场，父亲的两个好朋友去世后都葬在那里，父亲每天上下班都要看他们一眼。父亲伤心，便把房子卖掉搬到了别处。

我几年前回去看过故屋，园已荒芜，屋子破旧，已没有小时候感觉的那么大，听说地主要等地价好时建新楼出售。我这次又到那里怀旧一番，已有八栋白屋子矗立。我忽然想起《花生漫画》的史努比，当他看到自己的出生地野菊园变成高楼大厦时，大声叫喊：“岂有此理！你竟敢把房子建筑在我的回忆上！”

---

① 英里：英制单位，1英里约为1.61公里。

父亲与《柳北岸诗选》

回老家，厅中摆着一沓书，叫《新加坡已故作家作品集》，其中有一册是家父的《柳北岸诗选》。

原名蔡文玄的父亲，笔名很多，有蔡石门、苏莱曼、覃芷等。柳北岸，取自来了南洋、还望乡北部大陆之情。

看书中的作者生平，有些事情，家父告诉过我，有的也许我忘记了，或者他没有说过，倒向别人提及。他年轻时当过兵，我是知道的，但没说是受了一位叫杜国庠的人的影响，参加了北伐军。

他在二十二岁时来新加坡找他的哥哥。一年后，他去马来西亚。二十四岁，他就当了柔佛州的一所小学的校长。

一九三二年，他回内地，在上海从事文化工作，主编《正报》文艺副刊《活地》。

三十二岁那年，他受邵仁枚和邵逸夫聘请，来新加坡加入了他们的邵氏兄弟公司，一做就做了数十年。

在这期间，他为了公事和私事而四处旅游，跑遍了世界的名城小镇，一有感触便记下来写成诗篇。写景、怀古、写意、写旅游诗等成为他的特色。

家父写作很早，在读南开大学时已经开始，但是出书是在友人鼓励下才做的事情。第一本诗集《十二城之旅》在他五十八岁时出版，后来他愈出愈勤，出国回来一本又一本地出，包括《梦土》《旅心》《雪泥》《鞋底下的泥沙》等。他最后一本书，与旅游无关，是一册写人生的长诗，叫《无色的虹》。

这一系列的丛书还包括了苗秀、姚紫、赵戎、李淮琳的小说和李影的散文。苗秀是我中学的英文老师，姚紫醉后常来我们家里胡扯，印象犹新。

作家和诗人，是很奇怪的“动物”，一天有读者，一天就能活着，出版社为什么把他们分成“已故”？实在是件好笑的事情。

“柳北岸”的由来

车子再经仙乐乡，那是老衲祖母的出生地，父亲提议到表叔家拜访，我当然赞同。

正确位置已忘记，司机开了不少冤枉路，后来父亲看到一条河流，知道这就是表叔家的附近，终于找到。

父亲很熟悉地带老衲走进一座大屋的小巷，亲人走出，真是“儿童相见不相识，笑问客从何处来”。父亲呼出表叔的名字，来接话的却是表婶。表婶七十多岁的人了，对父亲毫无印象。大家一叙旧，非常亲热。

到这时，我们方知表叔于去年逝世。来看“番客”的人渐多，双亲和老衲唯有送了他们港币后才和表婶作别。

父亲看到屋外景物，感叹和印象中完全走样。过去屋前北望是另一条广阔的溪流，两旁种植一排排的柳树，下垂的柳枝，袅袅娜娜地扫着河面。每当初夏，柳枝上蝉鸣不已，仿佛是来个大合奏，当时还是少女的家父的表姐，大父亲一岁，不时划船送家父回家。一路水晃花摇，诗意十足。父亲的笔名“柳北岸”就是由此而来。

父亲爱旅行

现在想起来，我真同情我父亲。

家父从年轻开始就有“放翁癖”，酷爱游山玩水，又因参军北伐，跟着军队东征西讨，全国差不多给他跑遍了。

他在南洋立足之前，东南亚各地也都去过。他回到家里，向我们这群小喽啰说：“我看过一个榴梿，面盆那么大！”

他说完，用双手一比。

我们几兄弟和姐姐，都笑得前仰后合，大叫：“哪里有那么大的榴梿，父亲是骗人的。”

后来他又说：“我看过一根香蕉，皮要双手才能撕开，里面核子之大，像胡椒粒，用汤匙挖来吃，吃后满嘴是核，一颗颗吐出来！”

我们又笑得从椅子上掉到了地上。

自己长大后，一直受家父影响，也很爱旅行。我到处走，有一趟，去了印尼，在深山里，果然看到一个大如面盆的榴梿，才感叹父亲说得一点儿也没错。

家父看我们这群小鬼一个个长成，与家母一起环游世界，走了三周，还是乐此不疲，直到近九十岁，腿脚走不动，才不出门。

后来，我也看过那根巨型的香蕉，是粉红颜色，核子的确如胡椒粒那么大。

我又看过一种香蕉，撕皮时不是由上而下，而是一圈圈地，团团转着，才能剥开。说给朋友听，他们都笑得前仰后合，大叫：“哪里有需要那样撕皮的香蕉？你骗人的。”

我亲眼看到，错不了。人家不相信，自己也就笑笑算了，地方到得多，心胸自然宽阔，不必和旁人计较。

这次在温哥华，友人林太太煮了几个番薯给我们吃，我从来没看过，番薯的肉竟然是紫色的，像紫罗兰那般紫，紫得发亮，好吃得不得了。朋友听了又说我在吹牛。各位要是不信，问加拿大友人，他们可以证明，我说得一点儿也不假。

丧父记

家父蔡文玄在九十岁生日那天于家中一笑西去，再也不理人间烦恼事。

父亲断气之后，房间的镜子即刻被迷信的用人用被单盖上，说灵魂不能照之云云。

生老病死的事情，我们一家人都看得开，本来这是笑丧，不应太过悲恸，但众人还是啼泣。我不流泪，一意强忍。

父亲后事的办理，一时束手无策，第一件事当然是通知殡仪馆，对方说立即派人来。至于讣文应怎么写、名字要如何署，我都毫无头绪。我想起家父老友酒舅（他和家母都爱酒，结为姐弟，故称“酒舅”），好像家父曾经和他研究过，已自立一讣文，夜虽已深，但也只好将他老人家请过来。

我只向兄、姐、弟提出一要求，那就是依弘一法师所说，在八个小时内不要动遗体。弘一法师的遗嘱上有这一条，我虽不知他为什么要这样做，但一定有他的道理，所以坚持父亲之遗体也照样安放八个小时。

殡仪馆的代表抵达后，哥哥与他共商出殡及火化地点、时间，以便在讣文中敬告亲友。我看这个人在填表格时笨手笨脚，显然不是殡仪馆管理阶层，一问之下，原来他是防腐剂师，公文手续只是殡仪馆托他来代办。南洋天热，人去世后要即刻防腐。这家伙就要动手，被我轰了出去，我要他第二天一早再来。

人虽亡，但至少要对死者有一份尊敬，岂能被陌生人搞得翻来覆去。如弘一法师的遗体安放八个小时的做法，已开始被效仿。

丧礼决定在家中举行，吾家占地六千平方尺，在花园有足够的地方让亲友来拜祭。接着是找搭棚架之人，以及要不要做法事、出殡有无一场“锣鼓”等问题，大家忙得不可开交，暂时忘掉了痛苦。

酒舅赶到。他第一件事先进家父的卧房，在床边一跪，磕个响头，叫道：“老友，我来看你了！”

这时我的眼泪已不能再忍，像堤坝崩溃般放声痛哭。

不知哭了多久，恍然之中，我走进父亲的书房，看到一大箱一大箱的信件，是我自出国留学以来的家书。父亲曾与我每周通信一二封，数十年来从无间断。

我母亲是家中最坚强的一位，她很镇定不哭，只是自言自语：“为什么不讲一声就走。”要是母亲也哭泣，那我们的痛苦又要加深，我相信她很清楚地知道这一点。

这数年来，二位老人家在临睡之前，养成互相握一握手的习惯，这在不熟悉的友人看来很滑稽，皆因他们不了解这对结婚超过六十年的夫妇的感情。

把母亲安置在书房睡，怕她老人家半夜起身回卧房看父亲，我守在客厅中，一夜未眠。

翻看旧相簿，父亲在四十年前已乘KLM（荷兰皇家航空）航机到荷兰旅行，他有“放翁癖”，这么多年来已把世界绕了数周。

我还记得他在日内瓦湖边写的那首新诗，追悼他丧失的一颗牙齿，说此齿陪他在年轻时北伐讨过军阀，走过大江南北，吃尽各地美味，齿呀，别矣……

家父在晚上九点四十六分逝世，卧房之门一直打开着，家中冷气开足，并无强风通过。忽然嘭的一声巨响，房门闭上。我一看表，刚好是清晨四时四十六分，一分一秒也不差，足足是八个小时，是不是灵魂已散？我不知。我开了门走进去看父亲，见他表情安详。是的，剩下来的，只是一具躯体吧，我不能再悲哀。

继续几天的丧礼，来拜祭的人不断。花圈数百个，由路口一直摆进花园，中间的部分，花圈更是两边三四重地放着，把直通灵堂之路封得像条花的小巷，的确壮观。

哥哥在南洋大学的同学已是部长级别的人物。姐姐在南洋女中当校长，又有许多部长送花圈。弟弟在广播局做电视监制，艺员来吊祭的也不少。从中国香港老远送来的许多花圈，已不能一一致谢。总统夫人也来信慰问，这个丧礼算是功德圆满。

但是亲戚、朋友中还是有怨言，骂我们给父亲的丧礼办得太过新派，没做足礼仪。兄弟们数日的不眠，疲惫不堪，唯有点头道歉。

对一切指责，我带着快要咆哮的语气向那些“闲事人”说：“又不是天天死老父，并非专家，犯些错，又怎样？”

大概当时表情有些威严，“闲事人”都低下头来，再也不敢乱开口，相信父亲在天上，听了也会点头赞许。

中国人对于死亡，向来是敬远的，神秘的，太过戏剧性的悲伤化。我在墨西哥拍戏时，看到当地人庆祝鬼节，小孩儿吃冰糖做的骷髅，死亡一直围绕在他们身边，是生活的一部分。所以他们当地出殡，一面唱歌，一面放爆竹，并不太悲哀，现在想起，非常欣赏。

我再次哭泣，是看到卖猪肠粉的老太太拿了二百五十块港币做帛金，说什么也不肯让我退回。

我再次哭泣，是想起尤金写的一篇叫《身教》的文章，家父从来没有向我们子女提过，他的教导方式是买了一大堆书让我们挑选，要是我们一本也不想看的话，他再买又再买；等到我们选了一本，他即知道我们的偏爱，不停地买同类书籍，以引起我们阅读的兴趣。

我再次哭泣，是……

丧礼中，大哥和姐姐各把刚出世的两个孙女带来，那是家父的曾孙了。我看到她们的大眼睛，像家父的生命正在延长……

父亲的书法

十几年来，我每天写，不知不觉，也有好几本书出版了。

书名题字由家父为我写，我一直崇拜着他老人家的书法。可惜，他在九十岁那年离我们而去，至今屈指一算，也近三年了。

这三年中的书名，有些是他临去之前留下，其他的和今后的书，将会继续用老人的字。

人走了，怎么写？

学习《圣教序》的做法，皇帝将王羲之的书法集合而成，我将家父以前写的字一个个作为题，现代科技，能不把原稿剪碎，字形又能缩小、放大，方便得多。

家父生前曾把友人的诗词抄录，又将自己纪念逝世老友的文字写下，现在每次需要一个题目当新书之名，我便从中找去。

写得最多的是其老友蔡梦香先生的诗，这位老先生才华横溢，但是潦倒在南洋，住在一同乡家中，家父和一群朋友非常欣赏他的作品，每个星期的聚会都请梦香先生出席，大吃大喝一番。老先生有时对世间充满希望，有时也非常愤怒，但很纯真，像个嬉皮士。他曾写过一首“我诗不如我书真，我书不如我画神。爱我诗书画岂少，我与我妻已两人”来纪念亡妻。

梦香先生的学问都是自修的，他的诗曰：“众生可成佛，我今便是佛。若说佛从师，古佛师何佛？”

其他的诗，家父自书来送给黄科梅、谢厚勋、刘作筹、李雨浪等“临死不忘义聚永”的一些好酒的老友。

有时题目上的字缺了一个，便由我自己填上。我多年来看家父的字，多多少少已学会了一个形，至于神，我再活两辈子，也不够他老人家的功力。

有生之年，我将继续写，题材作风（即风格）随年龄而更变，书名题字则永远保留家父的书法。

拜祭父亲

一

回老家拜祭，家父仙游，至今已满五年，时间过得真快。

和往年一样，我一早跟着大嫂到街市去买鸡鸭、水果上坟，少不了的，是各类纸扎。

新产品有小巧的缩骨雨伞、象牙拐杖和手机。

至于冥钞，大嫂说那些亿万元的在阴间没有用处，要小额的较为方便。

“你怎么知道的？”大嫂一向是拜神用品的专家，但我没想到她对大额、小额钞票还有那么深的研究。

“你大哥托过梦给我，告诉我这一回事，他还在梦中说明给女儿阿芸听，和我做的梦一样。”大嫂说。

今年大哥的女儿、女婿外游，弟弟的儿女们都要上班，上坟的只剩下老一辈：大姐、大嫂、弟弟、弟媳和谊兄黄汉民以及爸爸的学生兼家中好友林润镐兄。一群人浩浩荡荡地抵达。

祭品多，我们遂抬了一张小木桌来摆东西，这张方桌放在客厅一角，每年出勤一次。

第一件要做的是先祭坟场土地爷。当然，他是户主，非对他好一点儿不行。

我们烧香点烛后开始焚纸扎，烧了一盒纸做的登喜路（Dunhill）和一个都彭（Dupont）打火机，制作非常精美。家父嗜烟，抽到九十岁才走，来了一定要先献上。我们又怕纸质的老人家收不到，再拿出一根真烟，点了插在蛋糕上，买“双重保险”。

虽不是雨季，但连日大雨，上路时停止，但在烧冥钱时忽然又下。

弟弟、弟媳和我三个人围住那个焚纸用的大铁桶，不让雨点打入，但是风一大，纸也湿了，冒出浓烟，西装纸扎快要熄灭。烧不成，怎么办？我看到了那把缩骨雨伞，马上烧它。好家伙，真厉害，它真的挡住了雨。熊熊大火，一下子把所有纸扎祭品烧光，功德圆满。

二

又到了一月六日，每年这一天我都回新加坡拜祭父亲。一转眼，也有十多年了。

老人家生于一月六日，活了九十岁，在同一天去世，也算圆满的一生吧。

我们家的队伍愈来愈壮大：家姐有两个儿子、四个孙女；哥哥有一男一女，女儿也生了一个女儿；弟弟也有一男一女，也做了爷爷。一行人浩浩荡荡一齐到善堂去为第一个姓蔡的人烧香。

不知父亲是否会感遗憾，他的第二代有男有女，到了第三代，也有男有女，第四代就完全是女的了。蔡姓就此截停。我知道他老人家个性豁达，应该不在乎这些俗事。

父亲本来被安葬在一个公众墓地，但这个“安”字用得不好，一点儿也不安，土地被征收，发展为工业区，我们只好把家父的骨灰搬到私人机构来了。如果要再迁移，那得看后人有没有心，我们这一辈再也无能为力了。

所谓私人机构，是一个叫“南安”的善堂，钱不知如何管理，总之也做施药的善事，收入全靠卖灵位。

最初是大嫂为大哥在这家善堂设立了灵位，家父“搬家”后也来这里，我们拜祭时为二位一齐上香，颇为方便。

家姐有鉴于此，也订了两个，今天她问我：“要不要？”

我一向认为人一走，什么都不留下的，把骨灰撒在大海最妙，经姐姐那么一问，我说：“好，我去问问弟弟。”

弟弟也没有主张，犹疑了一下后说：“你说什么就是什么吧。”

就那么决定了，反正生前在一起相聚，死后一家人在一起，也是很热闹的一件事。

我跑去向善堂再买了两个灵位，依方尺算，价格比当今中国香港的地产价格还高。

“半山”买不起，我们走后反而可以住比豪宅更贵的地方，发达啰。大家一笑。

双亲的厨艺

昔日家中花园的那株夜香花（即夜来香），记忆犹新。

母亲做得一手好菜，父亲贪玩，在冬瓜上面雕刻立体的书法，龙飞凤舞的图画，密密麻麻的，看了简直不能相信自己的眼睛。

冬瓜盅的主要材料，少不了撒在汤上的夜香花，这工作便由我们这群小鬼担任。我们挑选得精细，只采恰好开放的蓓蕾，花萼葱绿，花瓣略带黄色，用清水冲了又冲，洗个干净。

瓜中放的有鸡肉、瘦猪肉碎、干贝、螃蟹钳肉、鱼肉、银杏等，花菇和虾米则要先行浸透，切丁后下。汤底预先把猪骨和鸡骨炖好，取其清澈如水的汤汁入瓜再炖之。

最后下的是金华火腿丝和夜香花。

父亲见采完花无事做，便叫我们把鲜虾肉剁碎后放进石臼中舂成肉酱，再酿进那娇小玲珑的花中。虾肉里要多放一点儿盐，再也不加其他材料，就此铺在豆腐上面蒸之，又是一道简单又好吃的菜。

但是，我们当年并不觉得父母厨艺高超，只知道好玩，反正这些东西随时可以吵着双亲做，并不是什么很特别的事。

现在我们很想重现这种单纯的乐趣，但父亲已仙游，母亲已经懒得下厨。我们这群小鬼，除了我，大家又有一群小鬼，而且有的小鬼又生更小的小鬼，长大后也许只会吃麦当劳吧。

我们原先住的老家，已搬到另一处，最后才来到这个新家，也已是三十多年的“老”老家了。

花圃里，还是种满了树木，但是我们搬家时没有把那株夜香花移植过来。我们现在站在门口望去，仿佛依稀能听到儿童的欢笑声。冬瓜盅的形象愈来愈鲜明，好似能清楚地看到大家围着餐桌吃饭。天晚，夜香花的味道，是那么浓烈。夜香花和我，何时老过。

父亲的生活趣味

我参加侄儿的婚礼，遇到老一辈的亲戚，都说我长得愈来愈像“细叔”[①]。

祖母生五男二女，在旧社会中算是完美的后代数字，父亲排行最小，大家都那么叫他。

我自己不觉察，还是他人眼中的较为正确吧。但一些小动作，我是无形之中模仿父亲模仿得十足。

像抽烟的时候，家父的烟灰都有过半支那么长，旁边的人看得呱呱叫之前，他把烟灰往盅里一弹，从不会掉落地板。我也做同样的事，旁边的人照样看得呱呱大叫。

年纪大了老花眼，眼镜一戴，又滑落到鼻尖，写东西时还来得方便。一有同事走进办公室，不把眼镜推好，便瞪眼看他们，相信家父旧僚看见了，也以为是他老人家再生。

我对茶道、书法和种花有兴趣，也全受家父影响。我现在的生

① 细叔：这里指自己的父亲。

活方式，在亲戚看来，与父亲不同的，是对异性的好感。

学不到的，是对别人的宽恕，父亲总告诉我：“人都有缺点，两心皆存不同层面。多看好的，忘记坏的，自己快乐一点儿。”

家父知道自己年纪差不多了，临走之前还把自己的一生记录下来，我原可替他完成这一心愿，但每次看家父的文字，都悲恻不已。他对我的其他教导，亦为白费。

年轻时的反叛行为是成长的必经之道，我让他担心的事太多，当年我只向往西洋文学，对中国诗词的欣赏力很低，是令他老人家失望的事。

还有我大搞男女关系，也令他怒目。

父亲没在别人面前称赞过我，我只偷听到他向老友说：“这孩子年轻时女朋友很多。”还带点儿白豪的语气。

做儿子的缺点，在父亲眼中，最后总变为佳话。我没有小孩儿，但会把喜爱的年轻人当儿女，也许有那么一天，我能向父亲学习。

老母亲之饮酒篇

我每次出国，返港后必购佳酿白兰地，储存起来，让母亲来中国香港小住时喝。她老人家已七十四岁，平均三天一瓶，无酒不欢。但她走起路来比许多年轻人都快。

在她的遗传下，我们兄弟和姐姐四人都能喝酒。虽然没有真正比赛过，但我承认自己的酒量是最差的一个。弟弟喝得最多，哥哥、姐姐虽饮得少，喝起来也很凶，我从来没有看到他们醉过。

这一次母亲一到，我把家里收藏的同一个酒厂的白兰地，不知年份的，如：EXTRA（更高品质或更长桶陈时间）、XO（代表顶级的白兰地酒）和VSOP（一种高级的白兰地酒）[①]都拿出来，倒入四个茶杯，让妈妈品尝。她当然能一一分别，丝毫不差。友人和我就不行，喝不出它们的等级。我发觉自己是一个不会喝酒的人。

通常，在只有XO和VSOP两种的差别下，我还能辨别出比较顺

---

① 这三个词都特指酒的品质和品级。EXTRA指特级，通常比XO更高级；XO指干邑核心级，原为6年陈酿，2018年提升为10年；VSOP指平衡之选，适合日常饮用或送礼。

口和不呛喉的是XO，辛辣点儿的是VSOP。不过开始有了醉意，我就不管三七二十一了。所以我虽然反对在XO里加冰、加水、加苏打，但是认为是VSOP的话就无所谓了。

其实有VSOP来喝已经很不错，我记得小时候看母亲只喝斧头牌，后来有三颗星者就很高兴了。

在巴黎，法国朋友喝来喝去最多也不过是VSOP，偶然出现一瓶XO，即刻当宝贝来品尝，我试过拿两种酒弄乱了给他们喝，结果他们也是分辨不出。

日本人更不会喝白兰地，他们自己出产了一种叫SUNTORY的酒，难喝到极点。他们一看到法国产，无论什么牌子，都大叫："噢，华盛顿！"

有一次喝完了整瓶拿破仑，我把SUNTORY倒在里面请客，他们都赞叹："到底是不同！"

我在外国住久了，习惯喝威士忌。初到中国香港，人人共饮白兰地，我一闻到那个味道就怕，一滴也不能入口，告诉自己要是有一天也习惯喝白兰地的话，那就变成中国香港人了。现在，白兰地我当然也喝，威士忌我也照饮。白酒、红酒、伏特加、特其拉（一般指龙舌兰酒）、茅台、白干和双蒸，我什么类型都喜欢。我不喝的酒，只有火酒。

为母亲祝寿

我飞回老家为母亲祝寿。

家母今年到底是多少岁了，我也搞不清楚，只知道要是可能，尽量找时间、机会陪陪她。

还有另一件事，那就是为父亲扫扫墓，虽然清明节未到。

本来是早上上坟、晚上做生日宴的，但是弟弟说：“红白事不能同日做。”

那就分开两天办，但是我只能趁星期日偷空回来。我脑筋一转，搭深夜机，凌晨四点抵达，又可以抽出一日来。

“妈妈今年多大年纪？”家人都聚在一起时我问道。

“九十岁。”哥哥说。

“哪里，八十九岁。”姐姐说。

“八十八岁。”弟弟说。

“妈妈比爸爸小四岁，应该是八十九岁才对。”家父谊子（即义子）汉民兄说。

“问爸爸好了，他记性好，最清楚了。”我们大家都这么想，家父已在三年前去世，我们却一直当老人家是活着的。

“居民登记证上明明是写着这个年纪的。”哥哥说。

“妈妈那个时候的人，年纪都乱报的，居民证怎么会准？”姐姐说。

当然，最好是问母亲本人。可是她自从父亲逝世，已少理世事，将自己装成聋哑人，免得再度伤心。

许多父亲的朋友来家坐，有些母亲喜欢，有些不喜欢，大家都来问长问短，她一概懒得回答。

“我叫什么名字，您记得吗？”

给一个讨厌的人追问数次之后，母亲懒洋洋地开口：“高兴就记得。”

家母今年多少岁，还是给大家猜一猜好，总之愈猜愈年轻就是。

我的心愿

母亲生日，我们到新加坡为老人家祝寿，家人团聚，已经不知道母亲今年究竟是几岁，都说九十几岁吧。家人中只有她最健康，活过一百岁是没有问题的。

每天早上，母亲由弟弟蔡萱和家政助理阿瑛陪她到对面的加东公园散步，算起来，路还能走得相当远。

公园中，来晨练的、打太极拳的、遛狗的、练习马拉松的人不少，因为家母每早必到，所以他们也常遇见，叫不出名字，都说是银头发的老太太。弟弟告诉我，有位读者看过我写的文章，认了出来，好不亲热，我听了也满怀欣慰。

加东公园从前临海，如今土地已被填得看不见边际，它原本是英国人的一个炮垒，最近修工程，还挖出几尊大炮来，怪不得我家邻近那条街叫“堡垒路”（Fort Road）了。

在能望到海的日子，我们常去游泳，公园管理处用士敏土（水泥）围了一个巨大的框，防止鲨鱼吃人，大家都在那大格子中嬉戏。长大一点儿，我和女友在园中树下鬼混，想起来，好像是昨天的事。

印尼和新加坡关系紧张的时候，公园曾遭恐怖分子放了几个炸弹，闹得满城风雨。好在仗没打成，如今和平共处。

家政助理阿瑛来自印尼，在我家工作已超过十年，烧得一手好咖喱，但是现在烹调之事已交给年轻的菲律宾少女去做，阿瑛专门照顾母亲的起居，非常之忠心，我们一家都很爱她。

谊兄黄汉民先生也偶尔陪母亲和弟弟到公园里去。他最勤力，做家政助理的家庭老师，教她们认识汉字。汉民兄和一位由缅甸来的帮佣感情最好，她现在还常和汉民兄通信。而我呢，一年又能陪母亲散几回步？我对加东公园感到歉意，希望它和母亲一样长寿，不被拆除建大厦，这是我的心愿。

母亲的口味

母亲比家父小四岁，真正算起来，应该是九十一岁了。

母亲每天早上一碗燕窝，由谊兄黄汉民炖后拿来，五年来每天如此，有这么好的一位兄长，真是福气。母亲吃了皮肤光滑，证实燕窝实在有用处，但是偶尔才来一碗，是不见效的，要长期服食。

老年人最大的苦恼在于周身病痛，母亲幸运，不知关节炎和风湿是何物，健康状况比我们这群儿孙还要好。

酒还是照喝，母亲不可一日无此君。我有时宿醉，什么东西都吞不下，母亲忽然问："你为什么不喝酒？"

吓得我即刻连灌三杯。

我回老家时，一早必散步到附近市场，买老人家喜欢吃的猪肉粽子。不出几日，我和街市的太太已经做了朋友，不必出声，她自然会包起一两个，加上甜酱，让我带回家去。

"糯米很难消化，不能让老人家吃！"许多人都会那么劝我。但是母亲消化系统良好，偶尔吃些，一点儿也不用担心。

母亲从前对甜东西一看就摇头，现在喜欢吃，牙力毕竟不强，只爱柔软、松脆的。

威化饼最好了。近来我多次带团去日本，每回带大家去便利店购买水果和矿泉水，我就走到糖果部去选各种威化饼，其中有种包装得像杯面的最好吃，一粒[①]刚好是一口，吃起来方便。

棉花糖也不错，还有迷你蛋糕，金橘般大，怕一整袋打开后吃不完变得不新鲜，用透明塑胶（即保鲜膜）独立包住，这方便的功夫日本人做得最好。

我对食物还有一点儿信用，团友们看见我买什么就跟着买，一看原来只是糖果，大家都说："蔡澜返老还童。"

---

① 蔡澜惯用量词，出于尊重作者表达习惯，故保留。

母亲的一生

母亲走了，享年九十八岁，依中国习俗，加天地人三岁，已是一百零一岁。

悲伤吗？不。母亲为人，一向善于安排好一切。这两年，她已凡事不闻不问，连我们这群孩子也不理不睬了。这好像准备好了，告诉我们，没有什么好哀伤的。

父亲逝世则完全不同，前一天还能沟通，突然离开，就令人悲伤得很了。

老人家的一事一物都在教导我们。父亲临终前还有一点儿痛苦。母亲的食量逐日减少，有如老僧入定，在睡眠中安然过去，我们看在眼里，如果还学习不到这种死亡方式，是太愚蠢了。

丧礼仪式是极烦的事情，我们交给商业机构办理好了，定好个价钱，一条龙服务，不必再操劳。回顾家母的一生，年轻时甚为活跃，曾和周恩来总理演过同一场话剧，嫁给爸爸后当教师，后来又做了数十年校长。

教育界的薄薪难不倒她，善于投资的母亲，那么多年前，已知道怎么选择。她买的多是美国兵工厂的股票，有巨额存款。

“我一共有五个儿女。”她宣布。

什么？我们都傻了，姐姐最大，哥哥第二，我第三，还有个弟弟，一共四人，哪来的第五个？

“这个儿子，叫钱仔呀。”她笑着说，“它从来不出声，最听话了。”

家母虽然有潮州女子的勤俭传统，但对我出手阔绰，每每股票一有斩获，都给予我两三万港币：“你拿去买糖吃。”

那时候我已四十岁，每次收到都脸红。

友人记起母亲，第一件事就是她的酒量，一瓶XO白兰地两天喝完，几十年不变。母亲最后的日子里，饮酒量已大为减少，但也早、中、晚饭必喝一大杯，不加冰、不添水。

灵前，我们当然把酒呈上，其他人都烧什么纸车、纸屋，我们的白兰地，可是真材实料，老人家在天上，看到了才高兴。

母亲的葬礼

母亲的葬礼在薰衣草街的新加坡殡仪馆举行，一共五天，让亲友们来拜祭。

事前，在电话中，我交代弟弟，逝者要经过八个小时才能移动。这种做法，我是依照弘一法师的训导，源自人走后，在这段时间内还是有感觉的。

没死过，不知真假，但弘一法师是一位研究佛学极深的高僧，不会错的。

躺在棺木中的母亲，表情安详。

一早，有一位坐轮椅的老朋友来凭吊，我依稀认得他是父母打麻将年代的搭子之一，我们很感激。但也不照世俗，来者只是烧一炷香、鞠三个躬，没有家族谢礼这回事，也就轻松了许多，不过我还是点头答谢的。

花圈越送越多，依殡仪馆的条例，超过二十个的话，清除时要再给钱，我们当然也不在乎这些小费用，只觉得那么硬性规定，真是新加坡方式罢了。

有些人拜了就走，有些留下来话家常。有些“长屁股”，一坐就是数小时。当然，我们准备好吃的和喝的，那大袋塑料袋装的落花生，是每一位都剥的，瓜子反而无人问津。

花生来自怡保的万里望，样子小小粒，没有父亲葬礼时买的那么好吃，很硬。万里望花生越来越差，市面上卖的多数是天府之国的产品。

但那么难吃的东西，还是剥不停手，这也许已成为丧事之中的一个仪式吧。

家母九十八岁，礼堂中点了两根大红蜡烛，办的是笑丧。亲友慰问时，我尽量说些老人家生前的趣事，笑是笑不出来了。

想起倪匡兄的父亲逝世时，他在堂中大笑。我的一生，受他影响颇深，像处事的豁达、海派的花钱法、从不同的角度嘲笑世俗等，我都模仿得十足。只是这点我做不到，既不笑，也没哭，但心中眼泪直流，是其他人看不见的。

阿瑛——我们的恩人

我接到查先生、查太太由墨尔本传来的短信，说老太太是一位有福之人，叮嘱我们在礼堂上应点红烛，我都照做了。还有众亲友的慰问，我在此一一答谢。

老家邻居，一位年轻太太，对母亲很尊敬，一直自己做些糕点相赠。母亲记性不好，忘记人家的姓氏，只管叫她小妹妹，久而久之，节省一字，称为小妹。

守灵那天，小妹和她的先生来了，我们一家都很感谢他们。无以回报，我每次回来都带点儿书送给小妹，因她喜欢读我的文章。母亲走了，今后再有新书，我亦当寄上。

父亲去世，母亲食量减少，只爱喝白兰地，早上吃点儿燕窝。弟弟、弟媳事忙，这个工作交给了谊兄黄汉民和他的太太。十三年来，他们一直没有间断，现在母亲走了，可以不必再负这一重担。大恩不言谢，汉民兄对我们一家那么好，我永远感激。

我最感恩的是家政助理阿瑛，她来自印尼，是位福建华侨，未婚，来我们家已十三年，一直照顾母亲的起居。阿瑛人长得矮小，可烧得一手好菜，我觉得新加坡一切小食已走了样，有其形而无其味，所以只爱吃阿瑛烧的咖喱。

母亲最后的这些日子里，阿瑛搬进母亲房间，更体贴地照顾母亲。房内书桌上有一张双亲年轻时的黑白照片，父亲穿西装，母亲一身旗袍，戴圆形眼镜，二人颇为登对。阿瑛经常对着照片看老半天，也许感觉到人生应有一个伴侣。

今年，阿瑛也有四十岁了吧，一方面，我们一直鼓励她回印尼嫁人，她从来不花钱，储蓄下来的数字，去印尼乡下应该算是小富婆一个；另一方面，我们都担心，要是她不做了，可没人照看母亲像她那么好。

母亲走了，我们做子女的都没有流泪，只有日夜相伴的阿瑛哭得最伤心。她大抵没把母亲当作雇主，而是当成自己的母亲了。

我不知怎么安慰她，只有拍拍她的肩膀，说声：“阿瑛，我们兄弟已经不哭了，你做妹妹的，也不应该哭。”

在二舅家

十月天，还是热死人。我走遍潮州市，找不到冰冻啤酒。我路经一档香肉店，吃法为卤后风干，切成一小块一小块，香味吹来，不禁令我垂涎。我付人民币一元，打包拿回二舅家吃。我还买了内脏。婚前，我一直听女友们骂老衲狼心狗肺，无法尝到，当今出现在眼前，说什么也要切几片试试。

二舅家非常雅致，栋梁墙角，有木头浮雕艺术，已在“破四旧”时用泥封掉，十分可惜。表弟、表妹都长得英俊漂亮，他们各自婚嫁后，家中又多了几个小猢狲。他们得知老衲渴望冻啤酒，马上买了放入冰格里速成。

饭后，发觉啤酒结成冰块，老衲迫不及待，用罐头刀打开后噬吸；佐以狗肺，味道和猪肺差不多。

双亲和舅父、舅妈在客厅叙旧，老衲和一群表弟、表妹躲入房中。三杯下肚，将小鬼们赶出房，开始大讲荤笑话。在外国，我怕人家已经听过，但这里都是第一次听的听众。妙语连珠之下，他们笑得都从椅子上掉下来。

名字背后的故事

我们家人的名字，有其背后的故事。

哥哥蔡丹，叫起来好像菜单。家父为他取这一名字，主要是他出生的时候不足月，小得不像话，所以命名为“丹”。蔡丹现在身材肥满，怎么都想象不出当年小得像颗仙丹。

姐姐蔡亮，念起来是最不怪的一个。她一出生时大哭大叫，声音响亮，家父才取了这个名。姐姐出生之前，家父与家母互约，男的姓蔡，女的随母姓洪，姐姐童年叫洪亮，倒是一个音意皆佳的姓名。

弟弟蔡萱，也不会给人家取笑，但是他个子瘦小，又是幼子，大家都叫他作“小菜”，变成了“虾米花生”。

我的名字不用讲，当然是菜篮一个啦。

好朋友给我们串了个小调，词曰：“老蔡一大早，拿了菜单，提了菜篮，到菜市场去买小菜！”

姓蔡的人，真不好受。

长大后，我们各有各的事业。丹兄在一家机构中搞电影发行工作，我只懂得制作方面，有许多难题都可以向他请教，真方便。

亮姐在新加坡最大的一所女子中学当校长，教育三千名少女，我恨不得回到学生时代，可以天天往她的学校跑。

阿萱在电视台当高级导播，我们三兄弟可以组成制、导和发行的铁三角，但至今还没有缘分。

为什么要取单名？

家父的解释是古人多为单名。他爱好文艺和古籍，故不依家谱之“树”字辈，各为我们安上一个字，又称，发榜时一看中间空的那个名字，就知道自己考中了。当然，我们若是不及格，也马上晓得。

我的“澜”字是后来取的，生在南洋，又无特征，就叫“南”。但发现与在内地的长辈同音，祖母说要改，我就没有了名。友人见到我管我叫“哈啰”，变成了以“啰”为名。

蔡萱娶了个日本太太，儿子叫“晔”，二族结晶之意，此字读“叶”。糟了，第二代，还是有一个被取笑的对象：菜叶。

大哥蔡丹

大哥蔡丹做心脏搭桥手术，我回新加坡去探望母亲，顺道看他。

大哥恢复得很快，已经下楼到处乱跑。大哥这次算是不幸中的大幸，捡回条命，必有后福。

事因他有糖尿病，每周要去洗肾。我认识了个相怜的人，去福建成功地做了肾脏移植手术，劝大哥也去试试看。

大哥到了福建医院，一检查下来，才发现自己的心脏已有三条血管完全阻塞，不然的话，他根本不知道有此毛病。

现在要等痊愈，才能去福建做移植了。本来这种手术在新加坡也可进行，只是捐肾的人少，年轻患者优先换用，大哥已六十多岁，排队不知要排到什么时候。

内地人口多，得来较易，但这种手术也不是没有危险的，我们一家人都担忧。大哥却笑嘻嘻地说："不怕，不怕。我这个大哥最喜欢赌它一铺[1]。"数十年来，他每周上马场，对马匹有很深的研

---

① 粤语中的意思即冒险尝试，孤注一掷。

究，曾经有个时期，《香港商报·马经版》还要请他做顾问呢。

我和大哥去印尼的赌场，他站在Black jack[①]的赌台前，观察荷官的行为习惯，看个一小时以上，按兵不动。

女荷官给他看得心中发毛，乱了阵脚。这时大哥狠狠出击，下一注大的，输了、赢了，都收手。

结果当然是他赢钱的机会比我们大得多。我跟着他，急都急死了，四处乱跑，走了一圈回来，看到他还盯在那里，可真服了他。我这种人进赌场，十赌九输，所以从不下注，看看经过的美女，收获更大。

心脏之役，大哥把病魔打跑，再下来便要去应付肾了。依他的个性，赢面居多。我希望他别用盯荷官那套拿去对付医生，不然麻醉后还双眼直瞪，谁都会被吓死。

---

① 黑杰克：一种纸牌游戏。

大哥的后事

大哥的一切后事安排，都由大嫂决定，我们一家人个个都不出主意。大嫂明白这是出于一份尊敬，私底下向姐姐说心领了。

葬在什么地方呢？政府坟场近的满座，谢绝嘉宾，比戏院生意还好；远的每次祭拜麻烦不算，到了清明、重阳更是塞车。大嫂和几位亲朋友好商量过后，决定找个善堂安置大哥的骨灰。

放进善堂怎能算是“葬”呢？有人那么问。逝者已逝，入土为安和把骨灰撒入南太平洋，都是一样的事情吧。

善堂当然是行善为主，有的施药，有的派米，办得成功的是开学校，母亲就曾经在一家善堂的小学做过近二十年校长，直到六十岁才退休。母亲在职时小学成绩甚佳，得到校董的赞许。

到了尾七那天，我赶回去参加最后的这场法事，简单又隆重，只有家族和几位好友出席。

先由一个和尚来家里念一番经，祭台上摆满食物，大哥在天，一定吃得高兴；然后在屋外烧了三世都用不完的冥钱。骨灰事前已安置在善堂，我们从家里带去的只是个香炉。

我们分数辆车直奔善堂，这是我第一次来这里，在一个幽静的住宅区中，四周是些高级洋房，整理得干干净净。

善堂占地面积甚大，厅中有个神像让堂友膜拜，也少不了木签和圣杯等问前途的工具。葬祭场在后院，一排排密密麻麻的，至少有数千、上万个灵位。好家伙，我一心算，几千块捐款一个，真是一笔天文数字。

大嫂说她看了几家善堂，发现这家最好，但是灵位都是放在后面的房子里，不见天日。大嫂想要面对后花园那一排的，不过善堂说那是留给董事们的，需开会决定。也许是冥冥之中的安排，这家善堂，就是母亲当校长的学校旧址拆除后新搬过来的，叫南安。善堂一开会，当然通过。

大哥葬礼中遇到的诸君

葬礼的好处，是能遇到一些数十年未见的友人。

礼堂中，来了一位小时候和哥哥一起玩的朋友，面颜依稀见童真，此君身体一直很虚弱，课少上。他家里有钱，但在父亲去世后，母亲拒绝分家产，只给他零用。

反正可以三世人都吃不完，他也不必有什么正当的职业，至今五十几岁，还没娶老婆。我以为是身子差的关系，但他不断地跑到马来西亚去泡妞。

“除了这个，你还喜欢什么？”我问。

“喝酒呀。”他说，“不过我只喝啤酒，一喝十几二十瓶，大的。”

“新加坡啤酒税很重，你哪来那么多钱喝？”

“我替人打工呀！”他回答。

“打工？”我说，“我从来没有听说你打过工。”

此君笑嘻嘻地说：“有个朋友开大排档，我替他捧碟子，看不到客人时，他就请我喝啤酒。我不收他工资，大家都好，也可以说是回到了物物交换时代。”

“你妈妈身体还好吧？”我开心地问。

“活个一百岁也不出奇。”他说，“等到她去了，我已经喝不下酒、泡不了妞了。现在不喝酒、不泡妞，怎么对得起自己？”

说得也是，我完全同意。我记得小时候，他打赢一场弹子就不玩了，全不贪心。人生的游戏中，他也是赢家。

我看到“临死不忘义聚永”的王先生的女儿，已经四十年不见了，她哭得像一个泪人，已是老太婆一个，不能用“儿”字来形容。

“你长得真像你爸爸。”她说。

我与她寒暄了几句。她走后，大姐蔡亮笑着说：“记得她小时候由中国来寄住在我们家吗？按照辈分，她要叫我阿姑，起初亮姑、亮姑地叫，我说把我叫老了，改叫亮姐吧，后来她当了部长夫人，见到我就叫阿亮，即刻把我降级，她老公退休后才叫回我亮姐，辈分又升回来了。”

“算了，嘴脸这一回事，一般人都会长的。”我说。

“不过爸爸生前对他们一家人那么好，她当了部长夫人反过来在工作上欺负爸爸。”亮姐回忆起往事。

“现在看她，其言亦善哇，其言亦善。”我说。

大姐笑了出来。

一些大哥的老同事都来了，大家哇的一声哭起来，说几十年来一起做事、一起吃饭、一起玩儿，怎能不悲伤？偏偏一个大哥花心血培养做他接班人的人，从大哥生病至葬礼从未露面，大概是做了什么亏心事，心中有鬼吧。我们当然不稀罕看到他，但此君反骨的性格，由此可见。

“我最爱参加葬礼了。”一位老太太说。

我记不起她是什么亲戚朋友，但和尚来念经时她从头到尾跟着大声地唱。

“比去唱卡拉OK好。”她写下评语。

忽然，出现了一位老者，行动不便，满头华发，目光痴呆地大喊：“你们记得我吗？你们记得我吗？”他的声音却像女人的那么尖！

“我在大华戏院做工的。”他宣布，“认识你们一家五十多年了。”

当时我才三岁，刚有记忆力，至今还能清楚地认出他是住在我们楼下的电影院售票员。

“我……我看到了讣闻即刻赶来的。”他说完，用颤抖的手从口袋里拿出一张折叠着的剪报。

“谢谢您，有心了。”大姐说。

“你是谁？”老者问。

“我叫蔡亮，是蔡丹的姐姐。”大姐回答。

“你不是有两个弟弟吗？”当年小弟蔡萱还没出生，老者又指着我，“你是蔡丹？”

“蔡丹刚走，我是蔡澜。”我说。

“什么？蔡丹还有一个姐姐呢？”说完，他掏出一副原始的耳聋机（助听器），原来我们回答的问题，他完全没有听到，我们一时也不知道怎么搭腔。

“对不起呀！”老者又大叫起来，“对不起呀！”

“为什么这么说呢？”我问。

“我本来可以守夜的，但现在九十三岁了，有糖尿病，晚上眼睛看不到东西，来不了。对不起呀，对不起呀。蔡丹小时候也没有当我是下人，他人真好。”说完，他呜咽起来。

外边下着大雨，老者的衬衣濡湿了一截，我们心中被泪水浸透，亲自送他老人家下楼。

另外一群是餐厅老板，从前当大厨时已和哥哥结交，现在有些把餐厅卖掉了，一门濒临绝种的厨艺，从此消失。其中有一位说要做一道鲨鱼头炖牛鞭给我补补，我摇头谢绝，说现在即使是满汉全席，也没有心情吃得下。

“你大哥才不像你。”大师傅说，“他心情坏也吃，身体坏也吃。你应该为他骄傲，至少你以后可以说，你们一家人，有一个是真正喜欢吃、吃到死的。”

我点头微笑，向大哥的遗照合十。

为大哥做尾七

我赶回新加坡为大哥做尾七。为什么有尾七这件事儿，从什么时候开始的，是谁发明的，绝非神的指示吧？

七七四十九天，就叫尾七。表示为逝世的人做了这场法事，整个丧礼便顺利完成。

是的，也许应该将悲伤终结，告一段落。今后要等待的，是大哥的孙女的成长。

成龙的经纪人陈自强曾经念过一首英文诗给我听，文字我已忘记了，内容是逝者的心声：“放开我吧，让我走吧，虽然我也很爱你们，但是我总要离去。”

东方的宗教哲学，也是逝者已成佛了，在西方享乐。我们每天想着他、拜祭他，是要把他拖在冥府，反而不是一件好事。

父亲走了，老家为他点了一盏不灭的油灯，每天上香，是不是也会一直将老人家留下？我每次点香，都这么想。

不会的，家父一生为人仁慈，成佛是必然的，也许在西方遥远地看我们一眼，绝对不会流连于尘世人发明的地府吧？

但西方之极乐也是我们发明的，到底有没有天堂？也是疑问。

西方、天堂，都是让活人减少痛苦的麻醉剂。我并不认为它存在着，虽然我很想它真的在那里。

只要相信就是，不必听道理。这是宗教的出发点，但我难以接受。不过在怀念死者的例子中，它很管用。

如果我们拜神求平安、祈祷发财这种事儿也做得出，那么相信逝者已成佛，应该是一宗小交易，更能达成。

对先走的人的悲伤，我们只能接受他们已经不要我们悲伤这一道理。要是我们能在他们走后，创一番事业，做出点儿艺术上的成就来纪念他们，更是值得相信的事情。

弟弟蔡萱

弟弟蔡萱在新加坡《联合早报》副刊的专栏，将结集成书，由中国香港天地图书出版社出版，我这个做哥哥的，怎么也得把写序的工作抢过来做。

想起来像昨天的事情，母亲生下大姐蔡亮、大哥蔡丹和我，之后就一直想要一个女孩，所以小时候常让蔡萱穿女孩子的衣服，好在他长大后没有同性恋倾向。

我记得最清楚的是蔡萱小时候消化系统有点儿毛病，像一只动物，本能地找些硬东西吞入肠胃来磨食物，所以常坐在泥地上找碎石来吃。

等他长大一点儿，懂得到米缸旁边，左挑右选找到未剥壳的米粒就吞进肚子。不料他硬东西愈吃愈疯狂，有一天把一枚硬币，像当今港币的五毫铜板那么大，也一口吞掉。母亲一看，大惊失色，即刻把他抓去看医生，西医开了泻药，硬币超过四十八小时才排出来。母亲用筷子夹起，拼命冲水，洗得干干净净做个纪念。我们做哥哥、姐姐的也好奇一看，银币变成了黑色，可能是受了胃酸腐蚀之故。

南洋人有用抱枕的习惯，蔡萱小时候已懂得把绑住封套的布结撕成羽毛状，轻轻地扫着自己的鼻子，这样容易入眠，这也许是另一种方式的“安全被单”吧？

在蔡萱学会走路之前，由我们三人轮流抱着。最疼他的是我们的奶妈廖蜜女士，她从内地跟着我们一家到南洋，四个孩子都在她的照顾下长大。当年我们家住在一个游乐场中，叫“大世界”，模仿着上海的娱乐场，有戏院、舞台、商店和舞厅，夜夜笙歌，是当地同人夜游之地。晚饭过后，奶妈就抱弟弟到游乐场中走一圈，看看红红绿绿的灯，他疲倦睡去；带回家休息到半夜，他忽然醒来，用手指着游乐场，咿咿呀呀，非去不可，但是已经打烊了，我们怎么解释，他当然听不懂，继续咿呀。闹得没办法，我们只好将他再抱出门，他看到一片黑暗，才肯罢休。家父笑说这个不甘寂寞的孩子，长大了适合做娱乐事业。

念书时，蔡萱最乖，不像我那样整天和野孩子们嬉戏。他一有空就看书，最初不懂运用文字，说一个瓜从山上骨碌骨碌掉下来，爸爸说那叫滚瓜烂熟。从此他对成语很感兴趣，经常背诵，出口成章，都是四个字的。

小学四五年级，蔡萱已学会写作了，我们那辈的孩子都是看金庸先生的武侠小说长大的，但从来没有想过自己去写。蔡萱不同，他用一本很薄的账簿，将小说写在页后空白之处，写完了一本又一本，洋洋洒洒数十万字，把我们全家人都吓倒。不知道那些杰作有没有被留下，现在看起来，一定很有趣。

姐姐常说蔡萱是一个读书读得最长久的人：幼稚园两年、小学六年、中学六年、大学四年，毕业后又去日本念电视相关专业三年，加起来，一共念了二十一年的书。

家父随着邵氏兄弟由内地到南洋，任职宣传及电影发行员数十年，退休后，工作由大哥蔡丹接任，也做了几十年。我自己一出道就替邵氏打工，也已经够了吧？一家人之中有一个不干电影的也好，但最后也被爸爸言中，蔡萱加入了电视行业，也算是娱乐工作了。

新加坡电视台最初制作的节目，多数是请中国香港人过去担任工作人员，他们把中国香港那一套搬过去，全拍些港式连续剧。弟弟刚入行，被认为“本地姜不辣”，没有进取的机会，后来他写了新加坡人生活的剧本，大受欢迎，带本地色彩的连续剧拍了一集又一集，他站稳了当监制的脚跟。

可能是受母亲的遗传，我们四名做子女的，都能喝酒，蔡萱尤其喜欢喝酒，几乎天天喝。没有一个大肚腩，是拜赐了一套内丹功，他每天练，身体保养得很好，一点儿也不胖。

蔡萱在留学时认识了一个日本女子，就和她结婚了，可见他对爱情很专一。婚后生下一子取名蔡晔、一女取名蔡珊。

他和太太两个人，都是爱猫之人，最初买了两只波斯猫，一公一母，以为会生小猫来卖钱，但是那只雄的不喜欢交配，雌的只能“红杏出墙”；后来家里养的那三十只猫，彼此之间的关系都不清不楚的，但他们两人对这些猫照样爱护不已。

闲时，弟弟爱打打麻将，他和我一样，是中国台湾牌的爱好者。我一年回去一两次，就和他及几位老朋友搓个不亦乐乎，看谁赢了，就请大家到附近的面档吃消夜、喝啤酒。在新加坡，日子过得快。

蔡晔和蔡珊都已结婚，蔡珊还生了一个儿子，蔡萱做了外公，电视的舞台也闭幕了，过着优哉游哉的日子。无聊了，他就重新拿起笔来写散文，所见所闻所思，可读性极高。

大姐、大哥都有他们的家庭要打理，我又一直在海外生活，家父去世之后，母亲的起居就一直由蔡萱照顾；她老人家已行动不便，但不做点儿运动是不行的。早上推着轮椅，带母亲到老家对面的加东公园散步，是蔡萱每天要做的事。

我自认不孝，但好在有这位乖弟弟，才放心。

我一直衷心地感谢他，不知道怎么报答，为他出书时作这一小篇序，感情的债，还是还不清。

阿公是父亲的化身

又一年，是回去拜祭父亲的时候了。这次我决定住旅馆，因为老家已给那群猫霸占。

弟弟、弟媳是猫狂，一养就是几十只，他们的儿媳妇更爱猫，时常在街上拾几只回来，其他的也是乱养或自己跑来，杂种居多，除了最早买的那两只波斯猫。

我昨天打电话给弟弟，告诉他我要回来看母亲，家政助理阿瑛说："去了医院。"

"什么？"我大叫，"婆婆生病，为什么不先打一个电话给我？"

"是带猫去的。"阿瑛说。我听了才松一口气。

弟弟来机场接我，我问起他的猫，他高兴地说："小波斯猫也变成了老波斯猫，身上多病，耳朵又给虫咬，医生说要清理，先给它麻醉、治好虫，抱回来，麻醉已过，但动也不动。我以为这次没救了，亏得我老婆为它做人工呼吸，又从电视片集中学到，敲它心脏几下，结果它睁开眼，救活了。"

母亲在睡午觉，一只黑白花猫躺在她怀里。奇怪，她一向不喜欢猫的，怎会接受这只？

“叫什么名字？”我指着它问。

“阿公。”弟弟说，“我儿媳妇抱它回来时，它一跳就跳到父亲的祭坛上，通常猫怕火，祭坛点着香和蜡烛，它一点儿也不怕。”我也啧啧称奇。

弟弟继续说：“它就是亲着母亲，母亲也不介意。我们都说它是父亲的化身，所以叫它‘阿公’。”

阿公睡醒一看到我，就跑到我面前，四脚朝天，露出肚腩，邀我去抓搔。

很少有猫这么友善的，第一次见人就这样。家中那几十只，没一只肯这样。

冥冥之中，也许和父亲有关吧。我叫声“阿公”，真的看到它点点头。

父母对子女的爱

弟弟蔡萱的儿子和女儿就快大学毕业，他们夫妻想在三月去参加庆典，留家母一人在家，虽有工人，也放不下心。

我将努力抽出时间去陪伴老人家，弟弟一直细心照顾，实在没有话说，也应该让他们夫妇俩一起出国走走。

我侄儿、侄女倒是经常回新加坡探亲的。现在在外国留学，来来去去已不当是一回事。我们从前一走要几年才能回来，世界是变小了，人也较从前幸福得多。

但是，若把这番话告诉子女，他们绝对不会明白，说了也没用。

“要是你没能力，也不会把我们送去留学呀！”这是他们最直接的反应。

不但他们回国，家长更是一有时间就飞去探望，有的还天天通电话，子女像是没有离开过家门。

这种经验我是尝试不到的。人只会走自己走过的路。当年我留学还顽固到要养活自己，不想增加父母的麻烦。我要是有子女，哼哼，也许会要求他们也这么做。

不过不是每一个人都有相同的命运，我们也别以为时常可以回来的子女没受过苦。人在异乡才知道什么是寂寞，不无好处。为了下一代，我们还是别留他们在身边，要是能做到的话。

我们花在子女身上的心血，等到他们思想成熟之后才能了解，如果天资不足，那就要等到他们自己有了下一代，就知道什么是报应。

我们送子女出国，缩短了他们成长的过程，让他们快一点儿成人。他们读些什么都好，开了眼界，已是值得。

爱子女的心情，我这一生已无缘分得知，如果再多活一次，没有也就算了。我观察父母对子女的爱，像男孩、女孩热恋，一日不见不欢。这也难怪，因为男女的爱，已冷。

侄子蔡宁

修补衣服这行业已经没落，当今的产品既便宜又耐穿，除非人们有一件心爱的，不然绝对不会去帮衬那几位仅有的修补专家。

我哥哥的儿子蔡宁，也是一个修补专家，但补的是电影。

多少古今中外名著，最原始的底片，经过数十年或上百年，都会破烂或褪色。有的也只剩下一两个刮花的拷贝版本，得靠专家复原。

蔡宁一帧帧地观察后，用电脑特技，一点一滴将破碎的画面变成簇新的影像。Technicolor公司[①]的负责人有次看到，大赞他的技术，修复后的片子比原来的更美。

这种工作和修补名画的艺术家一样，要先懂得欣赏经典，熟悉原作者的技巧和个性，才能做到。蔡宁一向是电影迷，这份工作最适合他了。

别以为他除了修补，什么都不懂。他对电脑动画的基础十分

① 是一家法国的创意科技公司。

熟悉，任何“分野”都做过，像《全面回忆》中阿诺德·施瓦辛格跑过检查器的骨架和《蝙蝠侠》里的许多特技镜头，都出自他的手笔。他最后发现对经典电影的修补，才是自己最有兴趣的。

我们一家都从事电影工作，从父亲到我和蔡宁的爸爸全干这一行。中学毕业后的蔡宁跑到美国去学电脑，我以为他会在电子游戏上发展，哪知道又回到家族事业，成了电影事业的一分子。

今晚蔡宁经过中国香港，我请他在九龙城的创发吃潮州菜，问起，才知道这个我心爱的侄子，今年也有四十五岁了。他不结婚，一天到晚对着那台电脑，人情世故一点儿也不懂，生活也简单，一个人住一间屋子，驾辆小车上班、下班，平时也颇节省，一片老人牌刀片，用上一个月才换。

须根不浓的人还好，蔡宁的毛发特多，胸毛厚得像张棉被，这样的人剃刀怎么可以用那么久？

我买剃刀给他，他不要。只有说是不需钱的，他才肯收下。我每次住酒店，有免费剃刀，都留了下来，储了一大堆给他当礼物，最好不过。

侄女出嫁

弟弟蔡萱要嫁女儿了。

弟媳是日本人。中日混血，他们的女儿蔡珊聪明伶俐，整天甜甜地微笑，是蔡家最美丽的成员。她就这么嫁人，真有点儿可惜。

蔡萱从小我就抱过，当年我们住在一个叫“大世界”的游乐场，他最爱看灯火大放光明，我每晚一定要抱他在游乐场中走一圈。

一天，因为他起得早，在夜里例行的散步之中昏昏睡去，我把他抱回家放在床上。

他醒来，不见灯光，伸长着手指，咿咿呀呀地不肯罢休。我只有又抱他去走一回，店铺已打烊，一片漆黑，他哭了整夜。

这个我抱过的人生的女儿，我也抱过，再过几个月，我就快抱他女儿的儿女了。

蔡萱的儿子蔡晔，前一个时期娶了一个韩国太太，几个月之中，蔡萱娶媳嫁女，好不热闹。

女儿嫁出去，儿子一家迟早也要搬出去住。蔡萱寂寞吗？我看他神态，好像自得其乐。

喵的一声，一只花猫在他身边依偎。原来如此，人走猫在。他和太太都是猫痴，养了二十多只，送掉了又生，生了又送人，永远是二十多只。

客厅坐的一群年轻朋友，是新娘、新郎的友人。他们也像一群猫。

“蔡珊嫁的男人姓什么？”我问。

大家都不知道，只说：“我们都用英文名，一直叫他作Philip（菲利普）。”

“菲力，姓蒲吗？”我打趣道。

“什么蒲？”他们问。

“蒲公英的蒲呀。”我说。

“有人姓蒲的吗？”他们问。

我懒洋洋地说：“写《聊斋》的蒲松龄，不就姓蒲的吗？”

没有人听过，他们还是觉得猫好玩儿。

回忆奶妈廖蜜

小时候有个奶妈，其实我并没有吃过她的奶，哥哥和姐姐是她养大的，她对我们视如己出，我们也当她是家中的一分子。

奶妈性情刚烈，年轻时嫁过门后，发现丈夫抽鸦片，怎么劝也不听，但自己已怀了孕，孩子一生下，她独自跑到省城找工作。刚好我母亲年头、年尾生我哥哥、姐姐，我母亲便请她当奶妈。我家逃难到南洋，她愿意以低薪跟着，我母亲便把她一起带来了。记得她有一头不剪的长发，普通老一辈人留长发不多洗，但她爱干净，常以茶渣饼洗发。她有时在脸上涂一层粉，用白线交叉修去汗毛[①]。

她不相信面包或粥可以饱肚，我七点半上课，她总是五点多钟起床，到厨房去炒饭，一定要我吃一大碗才让我出门。

她炒的饭，是先将鼎烧红，把饭炒得一粒粒都能跳起时，才打蛋下去，蛋将饭粒包起，每颗都是黄金色，又香又甜。

---

① 即绞面或开脸。

我们同一个房间多年，渐渐成长，我十二岁时便学抽烟，常把床底当成一个秘密的地方，将烟灰碟藏在里面。

第二天扔火柴时，我总是看到烟灰碟被洗得亮晶晶。

南洋小孩早熟，我半夜第一次梦遗，怕她看到，便自己偷偷地把底裤拿去洗。

后来连续数次，一晚很贪睡，我脱了底裤往床底一丢，又转头睡去。隔日，我穿了一条新的便去上课，放学回家想起不对，即刻低头到床底去找。

好在还没有被发觉，马上掏了出来，一看，乖乖，“地图”上有许多蚂蚁在吸啜，我的子子孙孙也敢拿来当饭吃？！我气冲冲地将蚂蚁一只一只杀死。

我忽然觉得后面有人，转头，奶妈在笑我。

我脸一红，真想把自己丢到床底下去。

后来，我离开她到外国念书，回来时，她已去世。

我又要匆匆上路谋生，没有去扫墓。我回忆小时候不生性[①]，常用语言激她，但她总没有生气。现在梦醒时，我还常觉枕头已湿。

---

① 粤语中指不懂事、没出息。

谈阿叔许统道

小时候，我最大的乐趣是等待星期天。一早，父亲母亲、哥哥姐姐和我，手抱着弟弟，一家六口穿了整齐干净的衣服，乘坐的士，由我们住的大世界游乐场，直赴后港五条石阿叔的家。

阿叔姓许，我们没有叫他许叔叔，只因他比我们的亲戚还亲。

车子经一警察局、一花园兼运动场和一个巴刹[①]，向左转进入一条碎石路，再过几间平房，就是阿叔的花园。我们按铃，恶犬汪汪，阿叔的几个儿子开门迎接。

花园占地一万多平方尺，屋子是它的十分之四，典型的南洋浮脚楼，最前端是个有顶的阳台，摆着石桌、石凳子。

笑盈盈的阿叔，有略微肥矮的身材，永不穿外衣，只穿一件三个珍珠纽扣的圆领薄汗衫和一条丝质的白色唐裤，围黑皮附着钱包的腰带。阿叔的头发比"陆军装"[②]还要长一点儿，一张很有福相的圆脸，留了一笔小髭，很慈祥地说："来，先喝杯茶。"

---

① 巴刹：马来西亚语，意为集市、市场。

② 陆军装：指平头，是部队中常见的发型。

由阳台进主宅的门楣上，挂着一块横匾，写了几个毛笔字，签名并盖印。

我第一次到阿叔家时拉住父亲的袖子，问道："写的是什么？"

父亲回答道："这是周作人先生写给阿叔的，是他这个家的名字。"

"家也有名字吗？周作人是谁？"我还是不明白。

"你以后多看书，就知道他是谁了。"爸爸很有耐性地说，"也许，有一天，你会学他写东西也说不定。"

"但是，"我不罢休道，"为什么这个周作人要写字给阿叔？"

"阿叔是一个做生意的商人，但是很喜欢看书，而且专门收集五四运动以后的书……"

"五四运动？"我问。

爸爸不管我，继续说："中国文人多数没有钱。阿叔时常寄钱给他们，为了感谢阿叔，他们就写些字来相送。"

"文人很穷，为什么要学他们写东西？"我更糊涂了。

一年复一年，到花园嬉玩的时候渐少，我学姐姐躲在书房里，读冰心、张天翼和赵树理。

病中，我捧着《西游记》《三国演义》《水浒传》看，书籍真的有一种香味。

我打心中喜欢的还是翻译版的《伊索寓言》《希腊神话集》等，继之是狄更斯的《大卫·科波菲尔》、雨果的《悲惨世界》，接着是俄国的《卡拉马佐夫兄弟》《战争与和平》，最后连几大册的《约翰·克里斯朵夫》也被我"生吞活剥"。

阿叔的书架横木上贴着一行小字，"此书概不出借"，但是对我们姐弟，他从来没摇过头。我们也自觉，尽量在第二个星期日奉还，要是隔两个星期还没看完，便装病不敢到阿叔家里去。

我转眼就要出国，准备琐碎东西忙得昏头昏脑，忘记向阿叔话别就乘船上路了。

父亲的家书中，提到阿叔逝世。

为生活奔波，我连流眼泪的时间也没有。我心中有个问题：“阿叔的那些书呢？”

阿叔所藏的几万册书都是原装第一版本书籍，加上北大、清华等大学的学报、刊物和其他各类杂志。五四运动以后出版的，应有尽有，而且还有许多是作家亲自签名赠送的。二十世纪三十年代，在上海出版的三种漫画月刊，也都收集了。有些资料，我相信两岸未必那么齐全。

阿叔在南洋代理手揸花三星白兰地、阿华田、白兰氏鸡精等洋货，他的店铺并没有什么装修，一个门面，楼上是仓库。

在一旁，他有一间小小的办公室，里面除了一个算盘，便是一副功夫茶具。薄利多销是他的原则。也许是因为染上文人的“气质”，他的经营方法已落后，晚年时，代理权都落到较他更会牟利的商人手里。

病榻上，阿叔看着他那几个见到印刷品就掉头走的儿女，非常不放心地向父亲提出和我同样的问题：“那些书呢？”

父亲回答：“献给大学的图书馆吧！”

阿叔点点头，含笑而逝。

汉民兄

母亲每天清晨五点多钟就起床，刷牙洗脸后坐在沙发上，由印尼家政助理呈上一碗很浓的燕窝。

这是老人家唯一的乐趣了，母亲牙齿已经不行，东西吃下去，嚼几口，吸些汁罢了，但白兰地还是照喝的。

燕窝由我从中国香港带去，交给谊兄黄汉民，他最有心的，父亲去世后还不停地到家里，由他太太把三两天分量的燕窝炖好，放进食格提过来，早上温热便能给母亲吃。

汉民兄是位音乐教师，也能讲流利的印尼话，现在已经退休，闲时教教我们家里的助理，她们都能用华语交谈。母亲常说汉民兄比自己的亲儿子还要亲，说得也是，我们各自为事业奔波，不能细心照顾母亲。

虽然汉民兄玩的是西洋的乐器，但对潮州戏曲也有很深的研究，常找些绝版的录音带来与父亲共赏。父亲为了报答，时而讲几个笑话给汉民兄享用。为人师表的他，听了也哈哈大笑。

汉民兄有位贤淑的太太，一直和蔼地笑嘻嘻，为他养了一双子女。

女儿现在身居一家大酒店的管理阶层；儿子学电脑，在一家机构的工程部做事。汉民兄还当他们是小孩，上下班接送，在大排档买些他们爱吃的东西当点心。

早上，来家里坐之前，他也到菜市场去买两个笋粿给母亲吃。我一回去，他就多购几个。

印尼山火，我以为燕子都变成BBQ（烧烤），请镛记的甘健成老板为我选精美的燕窝，大量进货。想不到印尼盾直跌，现在燕窝反而要便宜两成，只有每次返家乘经济客舱，以弥补损失。回头一想，花钱并不代表孝心，要是没有汉民兄的心意，那碗燕窝，母亲也吃不成。

所谓人情味，尽于此。

我的履历

我申请到中国澳门居住，官方要我一个履历。我至今幸运，从未求职，不曾写过一篇。当今撰稿，酬劳低微，与付出之脑力、精力不成正比，既得书之，我唯有借助本栏，略赚稿费，帮补帮补。

蔡澜，一九四一年八月十八日出生于新加坡，父副职电影发行及宣传人员，正职为诗人、书法家，九十岁时在生日那天逝世。母为小学校长，已退休，每日吃燕窝、喝XO干邑，九十几岁了，皮肤比儿女们白皙。

姐蔡亮，为新加坡最大学府之一南洋女中的校长，其夫亦为中学校长，皆退休。兄蔡丹，追随父业，数年前逝世。弟蔡萱，为新加坡电视台的高级监制，亦退休。只有蔡澜未退休。

妻方琼文，亦为电影监制，已退休，结婚数十年，相敬如宾。

蔡澜从小爱看电影，当年新加坡分华校和英校，各不教对方语言。为求听得懂电影对白，蔡澜上午念中文，下午读英文。

在父亲的影响下，蔡澜看书甚多，中学时已尝试写影评及散文，曾记录各国之导演监制及演员表，洋洋洒洒数十册，资料甚为丰富。蔡澜被聘请为报纸电影版副刊编辑，所赚稿费用于与同学上夜总会，夜夜笙歌。

蔡澜十八岁留学日本，就读日本大学艺术学部电影科编导系，半工半读，得邵逸夫爵士厚爱，命令他当邵氏公司驻日本经理，购买日本片到中国香港放映。又以影评家身份，作为评审员参加多届亚洲影展。当年邵氏电影愈拍愈多，蔡澜当监制，用中国香港明星，在日本拍摄港产片。蔡澜后被派去韩国某地和中国台湾等地当监制，其间背包旅行，流浪多国，增广见闻。

邹文怀先生自组嘉禾后，蔡澜被调返中国香港，接替他担任制片经理一职，参加多部电影的制作，一晃二十年。

邵氏减产后，蔡澜重投旧上司何冠昌先生，担任嘉禾电影制作部副总裁，其间与日本电影公司拍过多部合作片。成龙在海外拍的戏，多由蔡澜监制，成龙电影一拍一年，蔡澜长时间住过西班牙、前南斯拉夫、泰国和澳大利亚，一晃又是二十年。

蔡澜发现电影多为群体制作，少有突出个人的例子；又在商业与艺术间徘徊，逐渐感到无味，还是拿起笔杆子，在不费一分钱的纸上写稿，思想独立。

《东方日报》的龙门阵、《明报》的副刊上，皆有蔡澜的专栏。

蔡澜写食评的原因是老父来中国香港，饮茶找不到座位，又遭侍者的无礼，于是发愤图强，专写有关食物的文章，渐与饮食界搭上关系。

蔡澜的食评的影响力，让众多餐厅将其文章放大打印作为宣传海报，有目共睹。

报纸和杂志的文章结集为书，二十多年下来，至今已有一百种以上，销路如何，可从出版商处取得数据。蔡澜知道的是其书被内地大量翻版，年前香港地区“中央图书馆”亦曾收集翻版书数十种，供应商被海关告发定罪。

十多年前，蔡澜与好友倪匡及黄霑制作电视清谈节目《今夜不设防》，收视率竟超过百分之七十。后来又在电视上主持《蔡澜人生真好玩》，得到好评，继而拍《蔡澜叹世界》的饮食及旅游节目，由此得到灵感，从影坛退出后办旅行团，以带喜欢美食和旅行的团友们到世界各地吃吃喝喝为生。

之前，蔡澜参加过中国香港电台的深夜广播节目，由何嘉丽训练其广东话，对后来的电视节目甚有帮助，所操粤语方被人听懂。

中国香港电台每周一的《晨光第一线》中，蔡澜由各地打电话来做节目，名为《好玩总裁》，多年来未曾中断。

任职嘉禾年代，何冠昌先生有友人开茶叶店，想创品牌茶种，请教蔡澜意见，蔡澜调配了玫瑰花、枳椇和人参须，以除普洱茶的腐味；提供给订茶商，被认为低级，不被接受。蔡澜因此自制售卖，命名“暴暴茶”，有暴饮暴食都不怕之意。商品进入日本，特别受欢迎，在横滨中华街中出现不少赝品，亦为事实。继而蔡澜出品了饭焦、咸鱼酱、金不换酱等产品。

日本方面，富士电视制作的《料理铁人》，邀请蔡澜当评委，多次国际厨师比赛都由他给分，所评意见不留余地，日本称他为“辛口”，很辣的意思。

数年前，红磡黄埔邀请蔡澜开一家美食坊，一共有十二家餐厅，得到食客支持。蔡澜带旺附近后，又新开了三十多家菜馆。

闲时，蔡澜爱书法、学篆刻，得到名家冯康侯老师的指点，略有自己的风格；学西洋画时，又曾经结识国际著名的丁雄泉先生，亦师亦友，教授其使用颜色的技巧，成为丁雄泉先生的学生。蔡澜爱画领带，以及爱在旅行皮箱上作画。

蔡澜交游甚广，最崇拜的是金庸先生，有幸成为他的好友之一。

蔡澜数年前去中国澳门，有举办国际料理学院的计划，与日本的烹饪大学合作，但未成功，爱上中国澳门的悠闲生活，开始在当地置业。

中国澳门蔡澜美食城筹备多时，终于在二〇〇五年八月四日开幕。

以上所记，皆为一时回忆，毫无文件资料支持。学校文凭，因长久不曾使用，亦失踪迹，其中年份日期也算不清楚。蔡澜对所做过的事情，负责就是。

蔡澜记于二〇〇五年八月十八日生日的那一天

父亲蔡文玄，笔名柳北岸

早年全家合照（左起）蔡澜、母亲洪芳娉、三弟蔡萱、大姐蔡亮、父亲蔡文玄、大哥蔡丹

母亲抱着幼年时的蔡萱

幼年的蔡萱和蔡澜

年轻的蔡澜和蔡萱

蔡文玄伉俪

蔡亮与母亲合影

蔡家四姐弟聚首一堂（左起）蔡亮、蔡萱、蔡澜、蔡丹

大姐蔡亮与大哥蔡丹

蔡亮担任南洋女中校长

前排左起：长媳黄兆贞之母、长媳黄兆贞、Yashida夫人、母亲洪芳娉、父亲蔡文玄、Yashida先生、长子蔡丹、长女蔡亮、孙女蔡珊
后排左起：幼媳松尾八重子、幼子蔡萱、长孙女蔡芸、长孙婿余光正、次子蔡澜、次子媳方琼文、长孙蔡宁、孙蔡晔

大哥全家照，侄儿蔡宁（后左一）是电影修补专家，蔡家三代均从事电影工作

父母亲同情奶妈的遭遇，留下她照顾我们姐弟

父亲（左）与谊兄黄汉民（右）合影

蔡澜

蔡澜从十八岁做到五十八岁，干电影已四十年了

邵氏新春团拜，与导演李翰祥合影

与曾志伟在埃及看外景

与罗丹的“地狱之门”合影

与金字塔合影

在墨西哥游船

”2 Part

蔡澜
谈亲师好友

金庸的稀奇古怪

黄蓉想出来的食谱，稀奇古怪。作者金庸先生的饮食习惯，却很正常。

“我和蔡澜对一些事情的看法都很相同，只是对于吃的，他叫的东西我一点儿也吃不惯。”有一次，我和金庸先生去吃广东粥面，他就这么说。

海鲜类，金庸先生也没有兴趣，他爱吃肉，西餐厅的牛排绝对没有问题。一起去旅行时，到中国餐厅，他喜欢点酸辣汤，北方水饺也吃得惯。

上杭州餐厅和沪菜食肆，金庸先生不必看菜单，也可以如数家珍般一样样叫出来。

至于水果，金庸先生最喜欢吃西瓜。这也是江浙人的习惯吧。我小时候就常听家父说他住在上海的时候，西瓜，商家是一担担买来请伙计吃的，不这么做就寒酸了。当年没有雪柜，把西瓜放进井里，夏天吃起来比较冰凉。

说到酒，据说金庸先生年轻时酒量不错，但我没看过他大量喝。他来杯不加冰的威士忌，净饮倒是常见。

近年来，他喜欢喝点儿红酒，每次摘下眼镜后细看酒的品牌，所选的酒厂和年份都不错。有时喝到侍者推荐的好酒，他也用心记下来。

吃饱了饭，大家闲聊时，金庸先生有些小动作很独特，常用食指和中指各插上支牙签，当是踩高跷一样一步步行走。

数年前，经过一场与病魔的大决斗之后，医生不许查大侠吃甜的，但是愈被禁止愈想吃，金庸先生会先把一长条朱古力（即巧克力）不知不觉地藏在女护士的围裙袋里面，自己又放了另一条在睡衣口袋中，露出一截。

查太太发现了，把他的朱古力没收。但等到上楼休息，金庸先生再把护士围裙袋里的朱古力拿出来偷吃。本人稀奇古怪。不然，他小说中的稀奇古怪的事情，又是怎么想出来的呢?

倪匡的时代

倪匡的生命中，有许多时代。像毕加索的蓝颜色时代、粉红颜色时代，而倪匡就有木匠时代、Hi-Fi时代、金鱼时代、贝壳时代、情妇时代和移民时代等。

每一个时代，他都玩得尽心尽力，成为专家为止。但是，一个时代结束，他就从不回头；所收集的，也一件不留，这是他的个性。在他的贝壳时代，曾著多篇论文，寄到国际贝壳学会，受到外国专家的赞许。他本人收集的稀少贝壳，要是留下一两个，到现在也价值连城，但他笑嘻嘻地都不要了，一点儿也不觉得可惜。

倪匡的种种时代，我没有亲身涉足，只能道听途说，但是他的演员时代是由我开启的，在这一方面我可有些发言权，可以发表点儿独家资料。

有多方面才能的倪匡，电影剧本写得多，为什么不当演员呢？反正他有一副激情、有趣的面孔，许多女人都想捏他一下，叫他当演员，是理所当然的事情。

数年前，我监制了一部商业电影叫《原振侠与卫斯理》，周润发演卫斯理，钱小豪扮原振侠，张曼玉演原振侠的女朋友。内容没什么好谈。商业电影嘛，只要包装得好就是了，不过由周润发来演卫斯理，倒是最卫斯理的卫斯理了。

言归正传，我想起常和亦舒开玩笑时说，外国人写小说，开始的时候一定是：这是一个又黑暗又狂风暴雨的晚上……连《花生漫画》的史努比也这么开头，我让《原振侠与卫斯理》也以“一个又黑暗又狂风暴雨的晚上”开始……

布景是一个豪华的客厅，人物都穿着“踢死兔”[1]在火炉旁边谈天，外面风雨交作。

贵宾有周润发、钱小豪，少不了原作者。由倪匡扮演自己，最适当不过了。当年倪匡从来没有上过镜，是个噱头。但我要说服他演戏，总得下一番工夫。

我在电话里说明后，他一口拒绝。但我说借的外景地是中国香港最高贵的会所大厅，而且……而且……他即刻追问：“而且什么？”

我说：“而且还有多名美女，喝的酒是真材实料的路易十三。”倪匡即刻答应。我打蛇随棍上，称要穿晚礼服的。

“我才不穿什么‘踢死兔’！”倪匡说，“长袍马褂好了。”

那种气派的场面，怎能跳出一个穿长袍马褂的中古人？我大叫“不不不”。第二天，我就强迫他去买戏服。

在这之前，我叫制片打电话给代理商，路易十三的空头支票一开，到时没有实物交代不过去，好在代理商大方，赞助了半打。

我们在置地广场的各家名牌店中，替他选了白衬衫、黑石衫、

---

① 踢死兔：英语“tuxedo”（即燕尾服或晚礼服）的粤语谐音。

扣腰带、袖扣和发亮的皮鞋，但就是买不到一件合他的身材的晚礼服。

倪匡长得又肥又矮，在喇叭裤流行的时代，他从来没有感受过。因为他买喇叭裤时，店员量了他的腿长，把喇叭裤脚剪一截，就变得“不喇叭”了。

我们最后只有到Lane Crawford（连卡佛），他试了十几套。到最后店员好歹在货仓底中找出了一件，他试穿之后，意外地合身。倪匡拍额称幸，问店员怎能找出那么合身的东西。店员也很老实：“哦，我想起来，是一个明星七改八改之后订下的，结果他没来拿。他好像是姓曾的，对了，叫曾志伟。”

倪匡听了一脸乌云，不出声地走出来，我们几人笑得跌在地上，后来才追着跟出去。经过史丹利街的眼镜店，我看到倪匡戴的黑框方形眼镜，一点儿也没有作家的形象，就把他拉进去。

我选了一副披头士约翰·列侬常戴的圆形眼镜，叫他一试。

“这么小一副，会不会显得眼睛更小？”他犹豫。

“不是更小，是根本看不见。”我心里想说，但说不出口。倪匡这个人鬼灵精，早已猜到，瞪了我一眼，那时我才看到一点点。

一切准备就绪，戏开拍了。

灯光师在打闪电效果的时候，我们已经干掉了一瓶路易十三。

倪匡被大明星和专门请来的高大的时装模特儿包围，乐不可支。他穿起那套晚礼服，居然也有外国绅士的样子。

周润发等演员都喝了酒，微醉，大舌头地讲对白，轮到倪匡，他口齿伶俐，一点儿也没有平时讲话口吃的毛病，把对白交代得一清二楚。因为没有人可以配他的口气，当时是现场收音的，竟然一次过，没有NG[①]。

周围的人都拍掌，说他是一个天生的演员。

一位模特儿大赞："您真像一个作家。"

倪匡又瞪了她一眼："我本来就是作家嘛。演作家还不像作家，不会去死？"

戏拍完后，倪匡上了瘾，从此进入演员时代。

他也爱上了那副圆形眼镜，还问我说电影道具是否可以留下。我说我是监制，说留下就留下。不但如此，连那套"踢死兔"也奉送，因为我知道也不是很多人能穿的。

倪匡的第一部电影拍得很顺利，到了第二部就出乱子了……

有部戏叫《群莺乱舞》，是部描写石塘咀花街时代的怀旧戏。

演员有关之琳、利智、刘嘉玲、王小凤、郑少秋、王晶、郑丹瑞、秦沛等人，现在要召集这群大牌，实属不易。

何嘉丽唱的主题曲《夜温柔》，至今绕耳。

"我扮演什么角色？"倪匡问。

我回答："嫖客。因'马上风'死掉的嫖客。"

在电话中，我听到倪匡大笑。

后来倪太告诉我，有个无事生非的女士向她说："蔡澜真会揾倪匡的笨，叫他演作家也就算了，叫他当嫖客，简直是侮辱了大作家。"

倪太听了不动声色地说："倪匡扮作家、嫖客，都是本行。"

---

① NG：NO Good缩写，在影视制作中，用于标记拍摄效果不佳或需要重拍的镜头、场景等。

在片场搭了一个豪华的妓院布景，美术指导出身的导演区丁平，一丝不苟地将石塘咀风情重现，连酒席中的斧头牌三星白兰地，也是当年货。

我生不逢时，没有去过石塘咀，现在置身其中，被身穿旗袍的美女围绕，人生一乐也。电影制梦，令人不能自拔。

我和倪匡喝了一轮酒后先告退，回家睡觉。到了半夜，区丁平气急败坏地打电话吵醒我："大事不妙，倪匡喝醉，不省人事，戏拍不下去了，怎么是好？"

我懒洋洋地化解道："继续拍好了。你难道没有听过一个喝醉酒的嫖客？"

区丁平一听也是，挂上电话后就把醉醺醺的倪匡放进轿子里，被人抬进洞房，开演了！

翌日倪匡清醒，接着拍戏，这时他的演员道德好得不得了，非常投入，因为和他演对手戏的是利智。当年利智选"亚洲小姐"，没有一个人看好她，倪匡一口咬定非她莫属。利智当选后做演员，当然报答倪匡慧眼识英雄之恩，把他当老太爷一般服侍。

后来，倪匡对自己的演员生涯更是着迷。

之后，文隽当导演也请他，洪金宝当导演也请他，拍了不少电影。

至于倪匡的片酬，他以日计，每天两万块，拍个十天八天，照收二十万。

"值得值得！"文隽大叫，"请了那么一个大作家，中国香港、中国台湾和新马（指新加坡和马来西亚）都有市场！"

文隽自己也写文章，在现场对这位文坛老前辈，"倪匡叔"长、"倪匡叔"短地招呼。

倪匡又瞪着那双不大看得到的眼睛："缩、缩、缩！不缩也给你叫缩了！"

所有的电影也不单是文戏，有次倪匡演洪金宝的戏，怎能不打？

那场戏是和一个大只佬（大块头）打架，被他一踢，倪匡滚下楼去。

倪匡坚持不用替身，说："我胖得像一个气球，滚下去一定好看！"

洪金宝说什么也不肯，不过他说："要是拍的话，留在最后一个镜头。"

倪匡想想，还是临阵退缩，这次可真的被文隽叫得应了。

一部接一部，倪匡不只在中国香港拍戏，还跟着大部队到外国去出外景。

林德禄导演的《救命宣言》在中国香港借不到医院的实景，拉队到新加坡去拍。不是主角的倪匡自掏腰包，坐头等舱，入住五星级酒店，好不威风。

倪匡演一个酩酊大醉的老医生，演对手戏的是差点儿当了他儿媳妇的李嘉欣。

倪匡戏份颇重，不同以往客串性质的角色，林德禄对演员的要求也高，但倪匡应对自如，反正医生是没当过，醉，却是拿手的。

有场戏，需内心表情，林德禄拍倪匡的特写。倪匡正在动手术，为人开刀，口戴面罩。

"匡叔！演戏呀！演戏呀！"林德禄叫道。

"戴着这种口罩，怎么演呢？"倪匡抗议。

“用眼睛演呀，用眼睛演呀！”林德禄大叫。

倪匡气恼，拉掉口罩摔在地下，骂骂咧咧道：“你明明知道我眼睛那么小，还叫我用眼睛演戏！你不会去死！”

禄叔垂头丧气，举手投降。

写了几百个剧本，倪匡却没有现场的经验，从来不知道拍戏要打光的。他常说，拍戏容易，等待打光最难耐，可以和美女吹牛皮，那又不同。但对着的是李嘉欣，倪匡无奈，只有继续发脾气。

又有一部叫《僵尸医生》，倪匡这次可不演医生，但也不演僵尸，扮的是抓鬼的道士。

倪匡的扮相没有林正英那么正派，但滑稽感不逊任何演员，反正是喜剧，他演起来得心应手。

话说那外国吸血僵尸来到中国香港，还带来一个性感外国女僵尸，倪匡演的道士把女僵尸收服，用手抓着女僵尸的双腿，提上来看看她死去没有。

本来戏的要求是抓着她的双踝的，但倪匡矮，只能抓到她的双膝，一举起来，正对着吃惯牛油的女僵尸的生殖器，倪匡即刻放手，落荒而逃，那女僵尸跌倒，差点儿断颈。

我在旁边看了，大叫：“政府机构，民政司处！”

倪匡即刻会意：“你这衰仔，用广东话骂我闻正私处！”

他说完，要以老拳来击我脑袋，这次轮到我落荒而逃。

至情至性黄霑

黄霑和陈惠敏终于结婚了。

别误会，黄霑没有同性恋的倾向，这个陈惠敏不是武打明星陈惠敏，是位叫云妮的小姐，比黄霑小十七岁，是他从前的秘书。

早在做《今夜不设防》电视节目时，黄霑就告诉我们关于云妮的事情。

“简直像金庸小说里的人物。”倪匡说，“怎么可以不要？一个男人，一生中，有多少个像云妮那么死心塌地爱你的？你不要让给我。”

当然倪匡是说着玩的，黄霑是死都不肯让出，所以才搞到今天结婚这种后果。

在十一月初，黄霑和云妮从中国香港直飞三藩市（即旧金山），先拜访倪匡这个老友。黄霑前一阵儿每天上镜，累死他了，和倪匡说了一会儿之后便回酒店，大睡数十个小时。我们听了，点头说此时是真睡，不是和云妮亲热，要是洞房那么长时间，怕他已经虚脱。

在三藩市住了三天，他们便飞到拉斯维加斯。大家都知道，这是全世界结婚最方便、最快的地方。

“一到了马上办好事？”我们做急死太监状，盘问黄霑。

“当然不是啦。”他说，“我们先去看赌场的表演，又去吃了一餐中饭。遇到中国澳门来的叶汉先生，认得出我，还帮我买了单。”

“后来呢？”我们又追问。

“虽然说是去结婚的。”黄霑回忆，“但是云妮还没有最后答应。”

我们心里都说：到了这个地步，还不点头，天下岂有这等怪事。

我们只好等着他耍花腔，耐心地听他讲下去。

黄霑说：“到了第三天，我们在街上散步，我才向云妮建议：‘现在结婚去。’”

“她点头了？”我们假装紧张地问。

“唔。”黄霑沾沾自喜。

“是不是在教堂举行婚礼的？”

“不是。”黄霑说，“不能直接到教堂去。”

这又是怪事了。

“先要领取一张结婚准证。”

“什么准证？”

这次是他的第二回，以下是黄霑的结婚故事：

我们必须先去一个政府机构，说出护照号码，登记什么国籍的人等。一走进去，那个政府官员在看我身后有没有人，又指着云妮，问道：“这是不是你的女儿？你的太太呢？”

我说这就是我要结婚的人。那官员听了羡慕得不得了，马上替我们登记，然后收费。

“多少钱？”我问他。

“七十五美金。”

“这么贵！”我说。

“那是两人份的登记费呀！”他说。

我心中直骂：“废话！结婚登记不是两人份是什么，哪里有一人份的？”

我也照付了钱，问他说：“附近哪一家教堂最好？”

“都差不多。”他说，“就在我们对面有家政府办的，你要不要去试试看？”

当然是政府办的比私人办的正式一点儿。我就和云妮走过了一座建筑物，它不像是一个让人结婚的地方，倒像一家医院。

门口有一个黑人守着，这地方是二十四小时营业的，生意好像不是太兴隆，所以那个黑人跷起双脚，架在门上睡觉。

我把他叫醒，说明来意，他即刻让我们进去。

里面只剩下一个女法官在办公，她是国家授权，让她替人家主礼的。

她一看到我们，又看我的身后有没有人，指着云妮说：“这是不是你的女儿？你的太太呢？”

差点儿把我气死了。

她要先收费，又是七十五美金，两人份。

“跟着我说。”她命令，“我，黄霑，答应 / 不答应迎娶陈惠敏，做我的法律上的妻子，爱她、珍惜她，在健康，或在生病的状况下，直到死亡为止？”

我们都说一声：“I do（我愿意）。”

她问我：“有没有带戒指？”

我们哪有准备这些东西？我摇摇头。

“不要紧。”她说完，从桌子上拿了两个树胶圈，让我们互相戴上。大功告成。

女法官在结婚证上签了名，盖上印，交给了我。

我一看，看到证婚人的栏中写着一个叫罗拔·钟斯的名字，从不相识，便问她道：“谁是罗拔·钟斯？”

女法官懒洋洋地说：“就是他。”

她指的是睡在门口的那个黑人。

成龙：做人做事，都要让人对你有信心

我第一次见成龙，是在摄影棚里。一条古装街道，客栈、酒寮、丝绸店、药铺等，各行摊档。铁匠在叮叮当当敲打，马车夫在呼呼喝喝，俨如走入另一个纪元，但是天桥板上的几十万烛火的刺眼照射，提醒你是活在今天。

李翰祥的电影，大家有爱憎的自由。大家一致认可的是他对布置的考究是花了心血；他对演员的要求很高，也是不可否认的。

现在拍的是西门庆在追问郓哥的那一场，前者由杨群扮饰，后者是个陌生的年轻人，大家奇怪：为什么让一个龙虎武师来演这么重的文戏？

“开麦啦。”一声大喊，头上双髻的小郓哥和西门庆的对白都很精彩。一精彩，节奏要吻合，有些词相对难记，但是两人皆一遍就入脑，没有NG过。李导演满意地坐下：“这小孩儿在朱牧的戏里演的店小二，让我印象很深，我知道他能把这场戏演好。怎么样，我的眼光不错吧？”

成龙成名以后，这段小插曲也跟着被人遗忘。

这次在西班牙拍外景，我们结了片缘，两人用的对白大多数时间是英语。

为什么？成龙从前一句英文也不会讲，后来去美国拍戏用现场同步收看，又要上电视宣传，恶补了几个月，已能派上用场。回来后，他为了不让它“生锈”，一有机会就讲。

他说：“我和威利也尽可能用英语交谈。”

“我们两人都是南洋腔，你不要学坏了哟。”我笑着说。

“是呀！你们一个从新加坡来，一个从马来西亚来，算是过江龙，就叫你们作新马仔吧！”成龙幽了我们一默。

从故事的创意阶段开始，成龙已参加。后来发展为大纲、分场、剧本的创作。组织工作人员看外景、拍摄，到现在进入尾声，已差不多半年，我们天天见面。但是，我要写成龙不知如何下笔，数据太多，又挤不出文字，就把昨天到今晨，一共十几个小时里所发生的事情记录一下。

我们租了郊外的一间大古堡来拍戏。成龙已经赶了几日夜班，所以他今天不开车，让同事阿坤帮他驾驶。坐在车上，我们一路闲聊。

“你还记得李翰祥导演的那部古装片吗？”我忽然想起。

他笑着回答：“当然，大概是十年前的事情了吧？那时候我也不明白李导演为什么会找我。杨群、胡锦、王莱姐都是戏骨子，我也不知道哪来的勇气，只好跟着拼命啰！”

“大家看了《A计划》后，都在谈那个由钟塔上掉下来的镜头。到底真实拍的时候有多高？”我问。

"五十几英尺[①]，一点儿也不假。"他说，"其实也没有什么了不起，我们拍之前用一个和我身体、重量一样的假人，穿破一层一层的帐幕丢下去。试了一次又一次，完全是计算好的。不过，等到正式拍的时候，我由上面向下看，还是怕得要死。"

成龙并没有因为自己的成名而丧失了那份率直和坦诚。

我们到达古堡时，天还没有黑，只见整个花园都停满了演职人员的房车、大型巴士、化妆车等。

灯光器材、道具、服装等的货车，最少也有数十辆。

当日下雨，满地泥泞，车子倒退、前进都很不容易。阿坤在那群交通工具中穿插后，把车子停下，然后要掉转车头。

成龙摇摇头："不，不。就停在这里好了。"

"为什么？"阿坤不明白，"掉了头后收工时方便出去呀！"

"我们前面那辆是什么车？"成龙反问。

"摄影机车嘛！"阿坤回答。

成龙说道："现在外边下雨，水滴到灯泡会爆的，所以不能打灯，到了天黑，我们的车子对着它，万一助手要拿什么零件，可以帮他们用车头灯照照。"

阿坤和我都没有想到这一点，因为当时天还亮着。

进入古堡的大厅，长桌上陈设着拍戏用的晚餐，整整的一只烤羊摆在中间，香喷喷的。饭盒还没有到，大家肚子咕咕叫，但又不能去碰它，这就是电影。

---

① 英尺：英制单位，1英尺约为0.3048米。

镜头与镜头之间，有打光的空当，成龙没有离开现场。无聊了，他用手指蘸了白水，在玻璃杯上磨，越磨越快，发出嗡嗡的声音，其他初见此景的同事也好奇地学他磨杯口，嗡嗡巨响，传到远方。

我叫他去休息一下，他说："我做导演的时候不喜欢演员离开现场。现在我自己只当演员，想走，也不好意思。"

消夜来了，他和洪金宝、元彪几个师兄弟一面听相声，一面食干饭。听到惹笑处，他笑得倒在地上爬不起来。

天亮，光线由窗口透进来，已经是收工的时间，大伙拖着疲倦的身子收拾衣服。我跟他说："我驾车跟你的车。"

"你跟得上吗？我驾得好快哟，你不如坐我的车吧。"他说。

他叫阿坤坐后面，自己开。车上还有同事火星，火星刚拿到驾照，很喜欢开车，成龙常让他过瘾，但今早宁愿让别人休息。

火星不肯睡，直望着公路，成龙说："要转弯的时候，踩一踩刹车，又放开，又踩，这样车子自然会慢下来。要不然换三波、二波也可以拖它一拖，转弯绝对不能像你上次开那么快，记得啦！"

"我学来干什么？"火星说。

"你知道我撞过多少次车吗？"成龙轻描淡写地说，"我只不过希望你不要重犯我的错误。"

成龙继续把许多开车的窍门说给火星听，火星一直点头。

"我们现在天时、地利、人和都在，所以我才讲这么多。有时，我想说几句，又怕人家说我多嘴，还是不开口为妙。"最后，他还是忍不住再来一句，"开车最主要的是让坐在你车子里的人对你有信心，他们才坐得舒服。其实，做人、做事都是这一道理，你说是不是？"

古龙：赚钱要赚得愉快，花得愉快

古龙的武侠小说大家看得多，原来他也写过一些散文。我记得有一本《谁来跟我干杯》由天津百花文艺出版社出版发行，有根有据，大概不会是盗版吧！

全书分两个部分：前编的“人在江湖”是随想，后编的“谈武侠小说及其他”是古龙的读书心得。

和小说不同，散文文字最能体现作者的心声，不能掩饰自己。古龙在一篇叫《却让幽兰枯萎》的文章中提到，自己一生中没有循规蹈矩地依照正统方式去交过一个女朋友。

他说风尘女子在灯红酒绿的互映之下总显得特别美，脾气当然也没大小姐那么火暴，对男人总是比较柔顺。

但是，风尘中的女孩，心中往往有一种不可告人的悲怆，行动间也常会流露一些对生命的轻蔑，变得什么事情都不在乎。她们的所作所为，带着浪子般的侠气。

古龙形容的这一行业的女性，是那么贴切，我真是服了他。

别人还正常背着书包上学，古龙已经“落魄江湖载酒行”了。对本身身体中就流着浪子血液的孩子来说，风尘女子的情怀，正是古龙追求的。

十里洋场之中，更少不了酒。古龙说自己开始写武侠小说，就开始赚钱，而一个人如果只能赚钱而不花钱，不如赚得愉快、花得愉快，同样地，酒也要喝得愉快。

古龙喝酒是一杯杯往喉咙中倒进去，是名副其实的“倒”，不经口腔，直入肠胃。这一来当然大醉，而大醉之后醒来，通常不在杨柳岸，也没有晓风残月，就是感到头大五六倍。

蔡志忠：对一切物品都爱惜与珍重

蔡志忠已不必我多介绍，凡是爱书的人，都会涉足他的作品。一早，他已洞悉年轻人看漫画的倾向，以最浅白和易懂的说故事方式，将所有的中国文学巨著改为图画，深入民心。

他的作品已在三十一个国家和地区出版，总销量超过三千万册，内地的书迷众多。杭州市最近还批了一块地给他，他在那里创立了“巧克力国际动漫”，将计算机动画植入手机里面，随时下载。

他的记忆力厉害，跟我说：“三十几年前，我在日本住下，在东京的邵氏办公室书架上看到你的书，有一篇写关于汉江船夫的散文，那种情景，真令人羡慕。我去了韩国之后，已找不到了。”

他在中国台北的工作室就在市中心的一个大厦里面，住宅在楼上，不太让人家去，我十多年前去过，记得是全屋挤满佛像。

“现在有多少尊了？”我问。

“三千多尊。”他笑着说，“我一生画漫画赚到的钱，还只有收藏的佛像升值的十分之一。”

客厅墙边、书架上、书房周围，甚至卧室里，都是钢制的佛像，有些精致万分，头发一根根，衣服上的刺绣一条条分明，美不胜收。

“你睡在哪里？”我问。

他指着被佛像包围的三张榻榻米：“遇到地震，佛像掉下，被压死了，也是一种相当有趣的走法。”

知道我最爱读《聊斋》，他从书架上拿下一册，连同新书《漫画儒家思想》（上下册），在插页上画了两幅画送我。我见他的彩笔都愈用愈短，刨得像迷你佛像，感觉到他对一切物品的爱惜与珍重。

“你最近在忙些什么？”我又问。

“研究物理学。”说完，他拿出多册分子和量子的笔记，图文并茂，看得差点儿把我吓倒，这个人肯定不是正常人，是外星人。

蓝真先生：淡散生涯似神仙

蓝真先生，人与名字一样，很真。

自从一九四六年他加入三联书店后，就一直做到现在，没退休过，还是中国香港联合出版集团有限公司的荣誉董事长。

他今年八十多岁了，讲起话来还是那么大声，笑起来像个儿童，酒愈喝愈猛。他时常说："办出版的，需要一点儿勇气才行。"

认识蓝先生，是由家父介绍的，他来中国香港时常与好友吴其勉先生相聚，蓝先生也参加了。蓝太太李慧姐也来，发现跟我是同行，当年她负责清水湾片厂，我则在邵氏做事，相谈甚欢。

蓝先生一生爱书，所阅无数，却谦虚地说："我是一个看书人，不是一个读书人。"

诗词之中，蓝先生甚爱臧克家先生的作品，尤其是他的爱情故事长诗：

开在你腮边笑的花朵，
它要把人间的哀愁笑落，
你的眸子似海深，

从里边我捞到了失去的青春。

爱情从古结伴着恨，
时光会暗中偷换了人心；
我放出一匹感情的野马，
去追你的笑，你的天真。

当年，蓝先生暗恋着一个女孩子。他说：“我就放出了感情的野马！”

他写信给对方，想不到对方也爱这首长诗，但战乱令他们分离十年，大家见面时，就成了现在的蓝太太了。

蓝太太也很真，爱读冰心。那时候我还年轻，认为冰心老土，当今重读，发现冰心也是真。那些什么心灵鸡汤，都不如冰心的浓。

蓝先生夫妇有四位子女，八个孙儿、外孙，他们在清水湾和尖沙咀各有一个家，这里玩玩，那里住几天，每日晨泳，过得逍遥自在。

在蓝先生八十二岁的生日时，他作了一首打油诗：“八二至矣心有闲，淡散生涯似神仙。早浮海波五百尺，午耍麻雀七八圈。晚啜红酒二三盏，夜读《聊斋》一二篇。清水湾头好风景，云卷云舒又一年。”

丁雄泉：不期望成为大师，心里便没负担

丁雄泉先生的画室，广阔无比，还在嗅觉上留给人一个深刻的印象。

这都是因为丁先生喜种洋葱花，买的种子很大，有婴儿的头那么大。这种洋葱头一开就是八大朵红花，他一种数十头，这边开完那边开，永远有灿烂的花陪着他。

洋葱头种在浸湿的泥土之中，产生一股强烈的味道，和切完洋葱留在手上的味道一模一样，闻惯了还觉得蛮有个性的。

最近他还作些小画，画在小块的油布上，摆在书房，整面墙壁生色。丁先生要我带一张回来送黎兄。我很喜欢，但没有向他开口。我这个人一贯不大向人讨东西，像从前在冯康侯老师处学写字，如果他不主动送我，我不会出声。

丁先生送我的acrylic（丙烯颜料），我倒是欣然接受了，有些紫色是他自己特别请法国的漆厂调配的，店里买不到。

“这些颜料，够你画几百条领带了。”丁先生笑着说，“既然你已经开了一间杂货铺，不如拿去卖。钱是另外一个问题，将作品分给大家欣赏，自己也有满足感。”

我最喜欢丁先生画的领带，上一次去阿姆斯特丹做电视节目，我穿了一套白西装，普通得紧，但是一打上他送我的领带，路过的人一看，都回头，有些还赶上来问我在什么地方买的。

领带是用acrylic画在白色底上的，这种颜料很特别，能溶于水，像水彩一样用，但是干了之后，被雨淋湿了也不会掉色。

丁先生虽然说大家画风不同，怎么画也不要紧，但我只是一味抄袭。不期望成为大师，心里便没负担。做人，逍遥快活最要紧。

古龙、三毛和倪匡

三十多年前，我在中国台湾监制过一部叫《萧十一郎》的电影。徐增宏导演，韦弘、邢慧主演，改编自古龙的原著。买版权时遇见古龙，我认识他比认识倪匡兄还早。

数年后，我返回中国香港定居，任职邵氏公司制片经理，许多剧本都由倪匡兄编写，当然见面也多了。

有一次，我们三人都在中国台北，到古龙家去聊天，另外在座的是小说家三毛。

当晚，三毛穿着露肩的衣服，雪白的肌肤，看得倪匡和古龙都忍不住偷偷地跑到她的身后，“一、二、三”，两人一齐在左右肩各咬一口。

可爱的三毛并不生气，哈哈大笑。

那是古龙最光辉的日子，自己监制电影，又不停地写电视剧剧本。他住在一豪宅中，数名马仔傍身，古龙俨如黑社会头目。

古龙长得又胖又矮，头特别大，有倪匡兄的一个半大，留了小胡子，头发已有点儿秃了。

“我喜欢洋妞，最近那部戏里请了一个，漂亮得不得了。”古龙说。

“你的小说里从来没有外国女人的角色，”三毛问，“电影里怎么出现？”

“反正都是我想出来的，多加几个也不要紧。”古龙笑道，“有谁敢不给我加？”

“洋妞都长得人高马大的。”我骂古龙，“你用什么对付？”

大家又笑了，古龙一点儿不介意，一整杯伏特加，就那么倒进喉咙。是的，古龙从来不是“喝”酒，他是“倒”酒，不经口腔，直入肠胃。

这次国泰航空开始直飞美国三藩市，要我们来拍特辑，有李绮虹、郑裕玲和钟丽缇陪伴。倪匡兄在场，“哈哈哈哈”四声大笑后说：“有美女、好友作乐，人生何求？”

话题重新转到三毛和古龙身上。

“我和三毛到台中去演讲，来了七八千名读者，三毛真受欢迎，当天还有几个比较文学的教授，大家介绍自己时都说是某某大学毕业。轮到我，我只能结结巴巴地说自己只是小学毕业。三毛对我真好，她向观众说：‘我连小学都还没毕业。’”倪匡兄沉入回忆。

“听说古龙是喝酒喝死的，到底是不是真的有这么一回事？”郑裕玲问。

“也可以那么说，我和古龙经常一晚喝几瓶白兰地，喝到第二天去打点滴。”倪匡兄说，“不过真正的原因是这样的，有一次古龙去杏花阁喝酒，一批黑社会来叫他去给他们的大哥敬酒。古龙不肯。等他走出来时，那几个小喽啰拿了又长又细的小刀捅了他几刀，不知流出多少血来。他马上被送进医院，医院血库的血没那么多，逼得他向医院外面路边的吸毒者买血。血不干净，结果输到有肝炎的血液。”

我们几人听了都啊的一声叫出来。

倪匡兄继续说：“肝病也不会死人，但是医生说不能喝烈酒了，再喝的话会昏迷，只要昏迷三次，就没有命。医生说的话很准，但古龙照喝不误，结果我听到他第三次昏迷时，知道这回已经不妙了。”

“古龙对于死是有迷恋的，他喜欢以这一方式走。”我说。

倪匡兄赞同道：“三毛对死也有迷恋。”

“听说她以前也自杀过几次。”郑裕玲说。

“嗯。”倪匡点头，“古龙死的时候，才四十八岁，真是可惜。”

倪匡兄仔细描述古龙死后的怪事：“他那么爱喝酒，我们几个朋友就买了四十八瓶白兰地来陪葬，塞进棺材里。他家人替他穿了件寿衣，还替他脸上盖了块布，我们说古龙那么爱喝酒，不如就陪他喝吧，结果把那几十瓶酒都开了，每瓶喝它几口，忽然……”

“忽然怎么啦？”我们紧张得不得了。

倪匡说：“忽然古龙从嘴里喷出了几大口鲜血来！”

“啊！”我们惊叫出来。

“人死了那么久，摆在灵堂也已好几天，怎么会喷出鲜血来？这明明是还没有死嘛，我们赶快用纸替他擦口，不知道浸湿了多少张纸，三毛和我都说他还活着，殡仪馆的人一定要把棺材盖盖上，他们怕是尸变。我一直抱着棺材，弄了一身涂在棺材上的桐油。”

“结果呢？”我们追问。

“结果殡仪馆叫医生来，医生也证明是死了，殡仪馆的人好说歹说地把棺材盖盖上了，我也拿他们没有法子。”倪匡兄摇头说。

郑裕玲、李绮虹和钟丽缇三位美女听了吓得失声。

“都怪你们在古龙面前喝，他那么好酒，自己没的喝，气得吐血！”我只有开玩笑地把局面弄得轻松点儿。

倪匡兄点点头，好像很相信地说：“说得也是，说得也是。”

梁实秋和三毛的“不亦快哉”

前辈作家梁实秋说看了金圣叹的《三十三不亦快哉》之后，自己也有“十一不亦快哉”。大意是：

一、晨曦牵狗散步，让它在人家的门口便溺，狗一身轻，自己家清洁。

二、烈日下边走边吃甘蔗，随嚼随吐，兼可制造清垃圾者的就业机会。

三、早起，穿着条纹睡衣，抱红泥炉置街外，烧至天地氤氲，一片模糊，表示有米下锅。

四、天近黎明，打整夜麻将回来，任司机大按喇叭，吵醒邻居。

五、放学回来，见邻居的门铃就按，令人仓皇应门。

六、见隔壁有葡萄架，半夜越墙而入，饱餐一番。

七、见十字路口，不许人通行，只准走天桥时，忽然直闯，搅乱交通，扬长而去。

八、将办公室中用品顺手牵羊，写私信、发请柬、写谢帖。

九、逛书肆、看书展，趁人潮拥挤时，偷几本回家。

十、把电话翻转，打开底部，略做手脚，使铃声变得暗哑，这么一来，电话随时可以打出，但不一定要去接听。

十一、生儿育女、婚嫁时在报纸大刊广告，红色套印，敬告亲友，令天下人闻知，光耀门楣。

梁实秋可能借此讽刺别人，但我看到他写到“穿着条纹睡衣”的形象，实在有点儿恐怖。还是三毛单纯，她的“不亦快哉”包括：打太极拳打不成，自己安慰已经打完一套了；在严肃的会议中折纸船；逛街一日，什么都不买，回家见旧衣，倍觉件件得来不易；拉断的鞋带，拿来绑辫子；上课时，学生反应不佳，老师自己逃课；借邻居的狗散步，不必自己饲养等。可爱到极点。

师兄禤绍灿

禤绍灿比我小十岁，但他拜师比我早一星期，从此我以师兄称之。

刚好是冯康侯老师的小儿子去世，我们问老师是不是暂停一阵儿再来上课。老师摇摇头：“失去一个，得了两个。”

之后，我们每星期上一堂课，从王羲之的《圣教序》开始学起。因为老师说：“书法主要是学来运用，并不是学来开书法展。草书太草，楷书太死板，还是行书用得最多，学会了《圣教序》，日常写字，都能派上用场。”

绍灿师兄之前跟老师学过书法，底子很强。我则一窍不通，需要从头开始。

绝对不是因为他先学过，我赶不上他，主要是绍灿兄很勤力，我很疏懒。

临了一两年碑帖之后，冯老师才教我们篆刻。这时我兴趣大增，特别用功。老师认为我刀笔朴茂，尤近封泥，送我一副对联鼓励。而禤师兄已牢记甲骨文、金文和大小篆，对刻印的技巧和布局，强我许多。

老师自童年至八十岁，一生奉献于书法、篆刻和绘画，对我们问的问题，无一不以深入浅出的方法解释。但我还是有许多听不懂的地方，下课后，在附近的上海小馆一面喝啤酒，一面请教禤师兄，得益不浅。

东西是吃不下了。在上课时，虽然老师收了我们一点儿象征性的学费，但是每一课都和师母一起喝汤，老师又爱吃甜品，有个“糖斋”的别号，什么蜜饯、糖水，吃之不尽。

“你们与其向我学书法，不如向我学做人。”老师说，“做人，更难。”

我的学问是比不上禤师兄了，但我们二人在老师的影响下，个性同样变得开朗豁达，受用无穷。

眼看禤师兄拍拖、生儿育女，现在子女都长得和他一般高了。他还是老样子，每天在上海商业银行上班，回家后做功课，十年如一日。

我的生活起伏较多，书法和篆刻被荒废已久，但有时受人所托，刻个图章。我布局之后，也要先请教禤师兄，看看没有篆错之处，才敢拿去见人。

当年我住嘉道理山道，绍灿兄的办公室在旺角，我们一星期总有几天去一家小贩和清道夫麋集的“天天”茶楼吃早餐，阔谈文章。虽然不是酒酣耳热，但也有宋人刘克庄所说“惊倒邻墙，推倒胡床，旁观拍手笑疏狂”的感觉。

在不断的努力之下，禤师兄几乎临尽历代名碑帖。我看他写字的时候，笔锋左右摇动，身体也跟着起伏，已经学到老师所说的“撑艇荡漾”的境界。到这地步，他已经着迷，领略到书法给予人生的欢乐。

而我呢，远远不及，只能坐在岸边旁观罢了。

现在禤师兄借了好友赵起蛟夫妇的地方，在窝打老道和梭椏道之间的松园大厦，每个星期一教课，好些喜爱书法的年轻人都在那里练字。

向冯老师学习，禤师兄也只收些象征性的学费，目的还是一方面和年轻人有个交流，另一方面自己进修。

偶尔，我也去上课，年轻人见到我，叫我师叔，有点儿武侠小说的味道。

“师叔，请过几招儿。”他们说。

我多数只是笑而不语。有时技痒，便讲出整张字中布局的毛病。教人我是不会的，但构图不完美，看多了总摸出个端倪，便倚老卖老地指指点点。

同学之中有一位是张小娴的表哥，任政府高职，人生有点儿不如意。自从我介绍他去禤师兄处练字之后，他利用书法分散注意力，对人间的冷暖，也看淡了许多。

每逢星期四晚上，禤师兄和一群志同道合的朋友，在庙街的“石斋”做雅集。“石斋”本身卖文房用具和艺术书籍，并供应各地制造的书画纸。好友们就地取材，拿起毛笔便写字，闹至深夜，其乐融融也。

师嫂非常贤淑，一直在当教员，还要负责家务，身体不是很好。我只能偶尔慰问，惭愧得很。她支持丈夫，也欣赏丈夫的成就，从不诉苦。

依绍灿兄的修养，应该开个展才对，但他只在团体书法展中拿几幅出来给人看看。

老师说过：“个展这回事，也相当俗气，开展览的目的离不开买卖字画。来看的人，懂得欣赏的不多，有时还要应付些可能买画但又无知的人。向他们解释哪一幅比较好，已经筋疲力尽。”

禤师兄大概有鉴于此，不肯为之吧。

他还是默默耕耘，做培养下一辈的功夫。子弟之中，有些颇有灵气，要是他们学到禤师兄的精神，今后自成一家，也毫无问题。

冯老师仙游，我们悲恸不已。好在有禤绍灿师兄，他对老师所说过、所教过的一言一语，都牢牢记忆，变成一本活生生的书法和篆刻的字典。在他身上，我看到冯康侯老师生命的延续，非常欣慰。

苏美璐

为我的书画插图的人，叫苏美璐，是位不食人间烟火的女孩子。

她样子极为清秀，披长发，不施脂粉，个高，着平底布鞋。

不知从什么时候开始，我们之间产生了很强的默契。她的作品，每次都给我意外的惊喜。

像我写了墨西哥的一位侍者，她没见过这个人，但依文字画出来的样子像得不得了，我拿去给一起去墨西哥拍外景的工作人员看，他们都把侍者的名字喊了出来。

画我的时候，她强调喜欢我的双颊，样子十分卡通，但她把我的神情抓得牢牢的。

办公室中留着她的一幅画，是家父去世后我向诸友鞠躬致谢的造型。全画只用黑白线条，我把画裱了，将旧黄色和尚袋剪了一小块下来，贴在画上，只能说是画蛇添足，但很有味道。

写倪匡的时候，她为我画了两张。其中之一，倪匡身穿“踢死兔”晚礼服，长了一条很长的狐狸尾巴。倪匡看了很喜欢，说文字虽佳，但插图更美，要我向苏美璐讨了，现在挂在他三藩市的家的书房中。

时常有些读者来信询问她的地址，要向她买画。美璐对自己的作品既关心又不关心，画完了交给杂志社，从来不把原稿留下，倪匡的那两张，她居然叫我自己向杂志社要。

美璐偶尔也替《时代》周刊和《国泰》航空杂志画插图，今年国泰航空赠送的日历，是她的作品。

而美璐为什么住大屿山？她说生活简单，房租便宜，微薄的收入，也够吃够住的了。

我在天地图书出版的一系列散文集，因再版多次，可以换换封面，刘文良先生已答应请美璐重新为我画过，相信她会答应。

到年底，她与夫婿搬回英国，我将失去一位好朋友，虽未到时候，但人已惆怅。

”3 Part

蔡澜
谈人生经验

给单身女郎：心中的疑难，自己去求答案

你说："我是一个三十多岁的单身女郎，我并非独身主义者，只是未遇到适合的对象。我觉得自己很正常，没有俗人的老姑婆脾气或怪异行为。每次看到称呼过了适婚年龄的女性为'老处女'，就觉得是一种侮辱。为什么男人晚婚理所当然，女人晚婚就要忍受闲言碎语？希望你能讲讲这个问题。也希望大家不要侮辱我们。"

首先，要是你在乎俗人讲的，那么你自己也就是一个所谓的"俗人"，无药可救。

人的思想上的自由，就是人生的自由，不管你是未婚、已婚或晚婚，照旧我行我素，又不妨碍到他人的行动或思想。你是否单身，并不重要。（此刻的我变成南宫夫人了，又像跷起脚来收取五毛钱心理诊断费的史努比漫画中的露西。）

结婚或单身，只是一个概念的问题。相信许多已婚者没有遵守过诺言，那和未婚有什么分别？结了婚，并不表示他们有何特权。

我在外国遇见许多单身女郎，都超过了所谓的适婚年龄而不婚，她们这样的观念已多见不怪，大家都顾自己的事情，没有人去

评判她们是“老处女”“老姑婆”。

对单身人士来说，有时候一些没有麻烦的来往，一点儿健康的异性性行为，都不应受到传统的道德观所限制，也不用有什么所谓的“良心责备”。只要不陷入不能自拔的幻想恋爱中。性爱在现代，也常是互相认识的开始。

我想，单身女郎和孤独男性都是很正常的。你们是否对自己发出了疑问？心里想结婚这也正常，正如许多已婚的人想变成未婚，没有孩子的人想生孩子，生了好几个孩子的人后悔等，这都是因自己得不到的好奇心造成的。

心中的疑难，自己去求答案。想通了，我就是我，管什么他人的娘亲。

任性而活，是人生最过瘾的事

我从小就任性，不听话。

家中挂着一幅刘海粟的《群牛图》，两头大牛，带着四头小牛。父亲跟我说："那两头老牛是我和你们的妈妈，带着的四头小牛之中，那头看不到头，只看见屁股的，就是你了。"

我现在想起那番话，家父当时的语气中带着担忧，心中约略地想着：这孩子那么不合群，以后的命运不知何去何从。

感谢老天爷，我也一生受到周围人的照顾。我活至今日，虽垂垂老矣，但也无风无浪，这应该是托双亲的福。他们一直对别人好，所以我也得到了好报。

我喜欢的电影中，有一部叫*From Here to Eternity*，国内译名《乱世忠魂》。电影中男女主角在海滩上接吻的戏，我早已忘记，记得的却是弗兰克·辛纳特拉饰演的配角因不听命令被关进牢里，被欧内斯特·博格宁饰演的满脸横肉的狱长提起警棍打的戏。如果我被抓去当兵，又不听话，那么一定会被这种人物打死。好在到了当兵的年纪，我被邵逸夫先生的哥哥邵仁枚先生托政府的关系，把我保了出来，不然一定没命。

读了多所学校，我也从不听话，也好在我母亲是校长，和每一所学校的校长都熟悉，我才一所换一所地读下去，但始终也没毕业。

我任性也不是完全没有理由，只是不服——不服的是为什么数学不及格就不能升班？我就是偏偏不喜欢这一门学科，学些几何、代数来干什么？那时候，我好像已经知道有一天一定会发明一个工具，一敲就能计算出结果，后来果然有了计算器，也证实我没错。

我的文科每一门都有优秀的成绩，英文更是一流，但也阻挡了我升班。我不喜欢数学还有一个理由，那就是教数学的是一个肥胖的女老师，面孔讨厌，语言枯燥，这种人怎么当得了老师？

讨厌数学，相关的理科我也都不喜欢。生物学实验中，老师会把一只青蛙活生生地劏[①]了，用图画钉把皮拉开，也极不以为然，我就逃学去看电影。但要交的作业中，老师命令学生把变形虫细胞绘成画，就没有一个同学比得过我，我的作品精致、仔细，又有立体感，可以拿去挂在墙壁上。

教解剖学的老师又是一个肥胖的人（这也许是影响我长大了对肥胖女人没有好感的原因之一），她诸多为难我们，既留堂又罚站，还用藤鞭打，我们已到不能容忍的地步，是时候反抗了。

我领导几个调皮捣蛋的同学，把一只要制成标本的死狗的肚皮劏开，再到食堂去炒了一碟意粉，下大量的番茄酱，弄到鲜红，用塑料袋装起来，塞入狗的肚中。

上课时，我们将狗搬到教室，等那位老师到来，我忽然冲上

---

① 粤语方言，意为宰杀，指把动物由肚皮切开，再去除内脏。

前，掰开肚皮，双手插入塑料袋，取出意粉，在老师面前血淋淋地大吞特吞，吓得那位老师差点儿昏倒，尖叫着跑去拉校长来看，那时我们已把意粉弄得干干净净，一点儿痕迹也没有。

校长找不到证据，我们又瞪大了眼做无辜表情，校长更是碍着和我家母的友情，就把我放了。之后那位女老师有没有神经衰弱，我倒是不必理会。

任性的性格，影响了我一生，喜欢的事情可以令我不休不眠。接触书法时，我的宣纸是一刀刀地买，一刀刀地练字。所谓一刀，就是一百张宣纸。来收垃圾的人，有的也欣赏我写的字，他们就拿去烫平，收藏起来。

我任性地创作，也任性地喝酒。年轻嘛，喝多少都不醉，我的酒是一箱箱地买，一箱二十四瓶，我买的日本清酒，一瓶一点八升，我也一瓶瓶地灌。来收瓶子的工人不停地问："你是不是每晚开派对？"

任性，就是不听话；任性，就是不合群；任性，就是跳出框框去思考。我到现在还在任性地活着。

最近开的越南河粉店，开始卖和牛，一般的店因为和牛价贵，一碗河粉只放三四片和牛，我不管，吩咐店里的人，一下就把和牛铺满汤面，顾客一看到，哇的一声叫出来，我求的也就是这哇的一声。这样做价虽贵，但也有很多客人点。

任性让我把我卖的蛋卷下了葱、下了蒜。为什么传统的甜蛋卷不能有咸的呢？这么多人喜欢吃葱、喜欢吃蒜，为什么不能大量地加呢？结果在我的商品之中，葱蒜味的又甜又咸的蛋卷卖得最好。

我一向喜欢吃葱油饼，店里卖的，葱油饼里的葱一定很少。这么便宜的食材，为什么要节省呢？客人爱吃什么，就应该给他们吃个过瘾。如果我开一家葱油饼专卖店，一定会下大量的葱，包得胖胖的，像个婴儿。

最近常与年轻人对话，我是叫他们跳出框框去想，别按照常规。常规是一生最闷的事，做多了，连人也沉闷起来。

任性而活，是人生最过瘾的事，不过千万要记住的事情，是别老是想而不去做。

做了，才对得起“任性”这两个字。

你向前走，不能走回头路

很多年轻人问我：爱情是怎么一回事?

我自己不懂，只能借用哲学家柏拉图的答案了。

有一天，柏拉图问自己的老师：爱情是什么？我怎么才能找到?

老师回答：前面有一片很大的麦田，你向前走，不能走回头路，而且你只能摘一株麦穗，只要你找到最金黄的那株麦穗，你就会找到爱情了。

柏拉图向前走，走了不久，折返回来，两手空空，什么也没摘到。

老师问他：你为什么摘不到?

柏拉图说：因为我只能摘一次，又不能折返回头。最金黄的麦穗倒是找到了，但是我不知道前面有没有更好的，所以没摘。再往前走，我看到的那些麦穗都没有上一棵那么好，结果什么都摘不到。

老师说：这就是爱情了。

又有一天，柏拉图问自己的老师：婚姻是什么？我怎么才能找到？

老师回答：前面有一片很茂密的森林，你向前走，不能走回头路。你只能砍一棵树，如果发现最高、最茂盛的树，就知道什么是婚姻了。

柏拉图向前走，走了不久，就砍了一棵树回来了。

这棵树并不茂盛，也不高大，是一棵普普通通的树。

你怎么只找到这么一棵普普通通的树呢？老师问他。

柏拉图回答：有了上一次的经验，我走进森林走到一半，还是两手空空。这时，我看到了这棵树，觉得不是太差嘛，就把它砍了带回来。免得错过。

老师回答：这就是婚姻。

人生的意义

朋友问我："人生的意义是什么？"

这一问题天下多少宗教家、哲学家都解答不了。我的答案，只能当为笑话。

人生的意义太过广泛，最好分几个阶段来讨论，然而我越想越糊涂。做学生时只想到玩，人生目的集中在怎么毕业，或者如何逃学。出来社会奋斗，物质享受并不重要，而要拼命争取更多的权利。

步入中年，生儿育女是最大的意义吧，这时经济已稳定，却要想尽办法怎么去保护自己建筑的城堡。

垂垂已老，再回到物质享受并不重要的阶段，求个安详。

"人生的意义到底是什么？"朋友再追问，"你讲老半天，还讲不出一个道理。"

"人生没有意义。"我回答，"任何目的，达到后还是一场空，没有意义就是空。"

"这种道理似是而非，根本说不出一个所以然来！"朋友骂道，"你说的那几个阶段，具体一点儿回答行吗？"

“行，”我说，“像一个故事一样，起先一个人住一间小屋，结婚后两个人生活，努力买一间大一点儿的；生了儿女，买一间更大的大家住。后来，儿女一个个离去，大屋子打理起来很麻烦，便换回一间小的，两个人够住就是。等到其中一个死去，剩下来的人换间更小的，渐渐地体力不支，再要求最小最小的环境居住，那就是一副棺材了。”

“去去去。”朋友已大骂，“你这个人最近总讲一些丧气话，有没有愉快一点儿的？”

我默然。人生的意义到底是什么呢？吃得好一点儿，睡得好一点儿，多玩玩，不羡慕别人，不听管束，多储蓄人生经验，死而无憾。这就是人生最大的意义吧，一点儿也不复杂。

别让名利控制你

“你好好地写作就是，何必去抛头露脸？”友人常劝我，“一出镜，你那肥胖臃肿的样子，令大家失望。”

我听了总是笑笑不语。

我能确定的是：名与利，对我来讲，只是奴隶，我是它们的主人。有时，它们会慢慢地膨胀，那我便要打打它们的屁股。

名气给我带来的不便之处很多，比方说不能常去九龙塘爱情酒店“走私”等。

至于利，许冠文曾向我说过：“最先，要求一个金劳力士。后来，要求买一辆奔驰，但是能吃多少？能喝多少？能用多少？银行里的存款，多一个零和少一个零，区别不大。”

他说得虽然简单，但是很难做到。你可以努力，别让它来控制自己。出名的好处是，人家知道你是什么人，可以放心和你交谈。

与别人的沟通，对于我是很重要的。凡是不懂的，我有打破砂锅问到底的习惯。陌生人对我的戒心不大，有利于我。

向小贩们问这种菜、这种肉是怎么个煮法？他们天天卖，当然最熟悉了。我的食物和烹调的学识，多数是从他们身上学来的。

有时在熟食中心坐下来，你和旁边的家庭主妇交谈几句，也是称心乐事，这些人都是出自真情，绝对不虚假。在工作上遇到的人，大部分希望在你身上得到什么好处，和他们相处久了，你会对人类越来越绝望。

解药就是同一群脚踏实地、辛勤干活儿的人谈天，像一口新鲜空气，永远带来舒服的感觉。偶尔，我从他们的身世中也能编出动人的文章来。

我很需要和朴实的人沟通，这令我的思想得到平衡，要不然，在这个复杂的环境中生存，我会疯掉的。

愿做小丑，娱人娱己

人生已走一大半，不如意事十有八九。到现在，我可以避免的尽量避免，深感不值得有更多的烦恼。

大概自幼就有不喜欢愁眉苦脸的性格，小朋友们为了梁山伯与祝英台痛哭的时候，我在一旁看徐文长故事，咯咯地笑。

为赋新词强说愁的阶段我也曾有过，还爱上缠绵悱恻的诗句和小说。但是，那个时候，痛苦等于是一种享受，悲戚是喜剧的化身。

我以娱乐当事业，结论是没有走错。我不会挑选哭哭啼啼的东西为题材，因为一部电影你们可能只看一两次，但是制作过程中我自己最少过眼二三十遍。悲剧，先会把我闷死。

一种米养百样人，我不反对别人搞肮脏的政治、当成仁的战士、做宗教的使者。

总需要一名小丑吧？让我来染红鼻子。

踉跄伤怀、柔肠百转、五内俱焚、心如刀割、怔忡不已、郁郁寡欢等字眼，最好在我脑中消逝。套句现时流行语：去吃自己吧！

与小人争权夺利，为名誉，出卖自己？不不不。

忙里偷闲，苦中作乐

我曾经为“茗香茶庄”写过一副对联，曰：“为名忙为利忙忙里偷闲吃杯茶去，劳心苦劳力苦苦中作乐拿壶酒来。”

自己的散文集成册，也用过《忙里偷闲》与《苦中作乐》为书名。

忙和苦有那么可怕吗？是的，如果你是一个朝九晚五的工作者，那么退休的安逸生活，是你渴求的；要是你付出的只是劳力，就简单了，老来过清淡的生活，舒服得很，养鸟种花，日子过得快。

人一旦不忙，就开始胡思乱想，以自我为中心。这很糟糕，你不了解别人为生活奔波，以为做出的要求，非为你即刻办妥不可。

子女为什么不来看我？邮差为何不送信上门？每天派送的报纸怎么迟了十分钟？看病时，医生为什么不即刻为自己做检验？

人不能停下来，如果你是一只大书虫，那就无所谓了，看书的人有自己的宇宙，旁的事情，太渺小了。

有时可真羡慕外国人的豁达，一代是一代，长大了离开，父母不管我，我也不必照顾他们，各自独立。有了家族观念，反而会在感情上纠缠不清。说是容易，但我们摆脱不了生长在中国家庭的宿命，我们还是有亲情的，我们的父母、兄弟姐妹、孙子孙女，都要互相拥抱在一起，我们一老，就不能原谅别人不理我们。

忙与苦，都能解决一切烦闷，一点儿也不恐怖。对老来的生活，是一剂清凉的良药。

工作可以退休，自修总可做到老。喜欢的事情，加以研究，够你忙的。从种种问题中寻求答案，别的事情就不必去烦它。能得到的亲情，当成横财，就此而已。

闲与乐，虽说要“偷”，要“作”。但那杯茶，那壶酒，终于是喝进了自己的肚子里。忙就忙吧，苦就苦吧！

享受之。

人生苦短，别对不起自己

我乘的士，司机是位年轻人，态度友善；下车时，他交给我一张小传单，向我说："请你花几分钟看看。"

里面写着：你一生的年日。

我翻阅，显然是传教宣传品，背后有"彩虹喜乐福音堂"几个字。

内容为：曾经有人研究人类一生如何花去光阴，发现一生如果有七十年，他的时间就会如此分配：

睡眠：二十三年，约占一生的33%

工作：十六年，约占一生的23%

看电视：八年，约占一生的11.4%

饮食：六年，约占一生的8.6%

交通：六年，约占一生的8.6%

学业：四年半，约占一生的6.4%

生病：四年，约占一生的5.7%

衣着：两年，约占一生的3%

信仰：半年，约占一生的0.7%

所以，这张宣传单说我们应该花多一点儿时间在求神拜佛上。

我并不反对人生有点儿信仰，只要不沉迷就是。有许多东西是不能解释的，也解释不了。所以逻辑并没有用，只能靠宗教去回答。

只觉得前述几项分得太细，我对人生是这样看的：若活七十岁，睡眠二十三年，还要减去年少无知的七年，已去了三十年。剩下的四十年，人生苦多。三十年是不愉快的，只有十年真正快乐。我们一有机会，便尽量去笑吧。我们一遇到喜欢的人，便尽量和他们接近吧。我们应避开长期有负面情绪的人，对可怕的人也要敬而远之。我们可以走远几步路，去吃一间比较有水准的餐厅，别对不起自己。

休而退，退而休

“如果你退休的话，会干些什么？”年轻朋友好奇地问，“日子难不难过？”

哈哈哈，我要做的事情像天上的星星那么多，只要选一两样，已研究不完。

以倪匡兄为例子，养鱼和种花为百态，安静时阅读，多么逍遥！他说：“每天轮流替那十几缸鱼换水，累都累死，哪还有时间说闷？人家配出一屋新种高兴得要命，我这儿的新种，至少十几条。”

如果我退休，第一件事情是开始雕刻佛像，然后练书法和画画，够我忙的了。

我一直不敢去碰、怕上瘾而没时间研究的是京剧和相声，现在可以开始了。音乐方面，我要重温以前听过的古典乐，直落到爵士（即爵士乐）和怨曲（即蓝调），一面做其他事情，一面听。

我要把每一天要穿的衣服洗好烫平，一件件挂起来，一日准备两三套，预防忽冷忽热的天气。一向少戴的帽子，不肯用的雨伞，我也可以一一收藏，越买花样越多。

内衣、内裤买最柔软、舒服的，这是非常重要的，绝对不能忽视，我已不必穿名牌跟流行了。

我对各种钢笔和毛笔的收集也有很浓厚的兴趣，时间不够的话，请古镇煌兄割爱，把他不要的那一批买下来玩玩。

我现在用的照完抛弃的相机，越简便越好，但退休后可玩回从前发烧时节的徕卡、哈苏等，也许能学会自冲、自洗、自印、自放大等手艺。

我要重新学习下围棋、国际象棋，希望有朝一日与金庸先生下上一局。

家具更是重要，从明朝案椅到意大利沙发，椅子的研究是至上的，就好像穿梭机上的座椅，按了按钮，可调节任何一个角度；喊了一声，灯光从不同方向射来。棺材舒不舒服，倒是次要的了。

没想过退休后做些什么，从年轻开始，我已经一直是“休而退，退而休”的状态。

向苦闷报复

在一些苦闷的日子，最好做些花工夫的事情，比如到菜市场去买几个青柠檬，把底部削去一截，让它可以站稳，再切头，用银茶匙挖空，肉弃之。

然后在厨房找一个不再用的小锅，把白色的大蜡烛切半，取出芯来，蜡烛扔进锅中加火熔化，一手拉住芯放在青柠檬里，一手抓住锅柄把蜡倒进去。

冷却，大功告成。点起来发出一阵阵天然柠檬味，绝对不是油熏香精可比的。

同一个道理，买几个红色的小南瓜，口切得大一点儿，去掉四分之一左右，瓜子挖出，瓜肉拿去和小排骨一起熬汤，熬个把小时，南瓜完全融掉。南瓜本身很甜，加点儿盐即可，味精无用，装进南瓜壳中上桌，又漂亮又好喝。

橙冻也好玩。美国橙大多数很酸，买柳丁或泰国绿橙好了，它们最甜。切头，挖肉备用，另几粒挤汁，加热后放鱼胶粉，现买的Jelly（啫喱）粉难以控制，其中的香料和糖精味道也不自然，还是避之为妙。鱼胶粉不影响橙味，倒入橙壳，再把橙肉切丁加进去，增加咬嚼的口感，冻个半小时即成。

天气热，胃口不好，还是吃点儿辣的东西，把剩余的鱼胶粉溶解备用。那边将泰国小指天辣舂碎挤汁，加酱油或鱼露，混入鱼胶粉中，冷却后再切成很小的方块，铺在排骨或食物上，又是一道惹味的菜。

炖蛋最过瘾了，利用日本人的茶碗蒸的方法炮制，材料尽找些小的，浸过的小虾米、细鱼，半晒干的那种，金华火腿选当鱼翅配料的部分，切成丁。鸡蛋仔细地用茶匙敲碎顶部，留蛋壳当容器，打蛋后和材料混合，再倒回蛋壳中，最后把吃西瓜盅用的夜香花铺在上面，隔水炖个五分钟即成。

向苦闷报复，一乐也。

一世到底有多长

说什么，也是筷子比刀叉和平得多。

我对筷子的记忆是从家父好友许统道先生的家开始的。自家开饭用的是普通筷子，我没有印象，统道叔家用的是很长的黑筷子。

用久了，筷子上截的四方边上磨得发出紫颜色来。我问父亲：“为什么统道叔家的筷子那么重？”

父亲回答：“用紫檀做的。”

什么叫紫檀？我当年不知道，现在才懂得贵重。紫檀木钉子都钉不进去，做成筷子一定要又锯又磨，花费工夫不少。

“为什么要用紫檀？”我又问。

父亲回答：“可以用一世用不坏哇！”

统道叔已逝世多年，老家尚存。是的，统道叔的想法很古老，任何东西都想永远地用下去，就算自己先走。

统道叔不但用东西古老，家中规矩也古老。吃饭时，大人和小孩虽可一桌，但先坐的都是男人，女人要等我们吃完才可以坐下，十分严格。

没有人问过为什么，大家接纳了，便相处无事。

统道叔爱书如命，读书人思想应该开通才是，但他受的教育限于中文，就算看过五四运动之后的文章，看法还是和现代美国人有一段距离。

我们家的饭桌没有老规矩，但保留了家庭会议的传统。我们什么事情都在吃饭时发表意见，心情不好，有权缺席。我们争执也不激烈，限于互相的笑。我自十六岁时离开，除了后来父亲的生日，一家人很少同一桌吃饭了。

说回筷子，我还记得自己追问父亲："为什么要用一世，一世有多久？"

父亲慈祥地说："说久也很久，说快的话，像是昨天晚上的事情。"

我现在才明白。

努力向前，必有收获

对于《名采》版，作者们时常“开天窗”，有些资深的写作人，因为公事要请假，也无可厚非，但是这对代他们写的人很不公平。

“你要是写得好，编辑就会请你了，何必替人家写？”读者们都有这一疑问。

其实交替者的文笔都不错。我认为要是有人“开天窗”的话，那就不是一个人来写，而是大家写。

很多想成为专栏作家的人，一直抱怨说没有地盘，这不就是机会吗？文章精彩与否，一篇见效，主要看可读性高与不高。

我甚至想到专栏版上应该有一个永久的空位，像贴大字报的墙，让跃跃欲试的人发表他们的文章。

虽说中文水准不高，但每一个时代总会出现一些杰出的写作人。我父亲那一辈人，看我们的文字总是摇头轻叹，但也阻止不了亦舒、李碧华等人的冒头哇。

我相信的不是一代不如一代，而是青出于蓝，这才是正确与乐观的态度。

新的写作人去哪里找？大把！在我那几篇《病中记趣》刊登后收到的大批慰问电邮之中，我已看到有许多内容有趣、文字生动的来信，他们都是有希望成为专栏作者的人才。

凡事一求代价，层次必低。尽量写好了，抱怨没地方发言而停笔，就永远停下来了。当成记日记不就行了吗？

一时的光辉并不代表可以一直坚持得下去，专栏难在保持水准。什么叫水准？热爱生命，就是水准了吗？

不停地写，别虚伪，仔细观察人生百态，题材多得不得了。千万不要以“说得容易做时难”为借口，从今天开始，你就把自己的想法记录下来，这是达到愿望的第一步。记得区乐民做学生的时候，我也曾经这么鼓励过他。

乐观的人，运气好

我坐上的士，阵阵香味传来。

“怎么你的姜花没枝没叶，是一整扎的？”我看到冷气口挂的花。

“哦，”司机大佬说，“我住在荃湾，那边的花档把卖不出去的姜花折了下来，反正要扔掉，不如用锡纸包好，才两三块钱一束。卖的人高兴，买的人也高兴。”

我又看到车头有些小摆设：“车是你自己的，所以照顾得那么好？”

“刚刚供的。”司机说，“以前租车的时候，我也照样摆花、摆公仔。”

“要供多久？”

“十六年。”他并不觉得很长。

“生意差了，有没有影响？”我言下之意，是做得够不够付分期。

“努力一点儿，”他说，“怎么样也足够，总之不会饿死。”

“你很乐观。”我说，“我近年来坐的的士，司机都是怨声载道的。”

“不是我乐不乐观，”他说，“总得活下去，怨也活下去，不怨也活下去，不如不怨的好。怨多了，人老得快。”

“你不是的士司机，是哲学家。”我笑了，看到车头有个小观音像，又问，“你信观音，所以看得那么开？”

“一个乘客丢在车上，我捡到了就用胶水把它粘在这儿，我不是信教，只是觉得好看，没有其他原因。”

“你们这一行的，大家都说客人少了很多。”我说。

“很奇怪，”他说，“我不觉得，大概想通了，运气跟着好，像我载你之前，刚接了一单，客人一下车，即刻有生意做。”运气好也不会好到这么厉害吧？到家，我刚付钱，邻居走出大门，截住我，上了他的车。

精神上的健康，比一切都重要

“你清瘦多了。”友人一看到我就这么说。

“你胖多了。”又一个友人说。

我不能阻止他们的评价，其实，我的体重保持在七十五公斤左右，多年来没有变过，不然那么贵的西装，换来换去，再赚也不够花。我让人感觉到肥胖，是照片或电视上的形象。镜头下，总比现实生活中臃肿，所以当演员的脸形都要瘦长的比较着数[①]。

“没有想到你真人那么高。”没见过我的人也都这么说。人家看我清瘦，是因为我没有站起来。

我从十四岁开始就长到六尺（这里指英尺），当今缩小了一点儿，也有一百八十厘米，矮小的印象，是没有比例之故吧。

水墨画中，常有一个人物对比，才能衬出山峰之高。看到大鱼，人人都举着相机来拍，但出现在照片中的是一尾小小的鱼。我会在鱼的身边摆一包香烟，才能显出那条鱼有多大。

---

① 粤语，指捞到便宜。

别人的主观评价，是避免不了的。

“你出那么多书，一定很辛苦！”他们总是这么说。

我一听到“一定”这两个字，就笑了出来：子非鱼，安知鱼之乐？

和大家旅行时，我有助手帮忙打点一切。那几天是我最空闲的时候，吃完饭就睡觉，一大早起来写的稿，字数比中国香港的人数还要多。

精神上的健康，比一切都重要，为什么大家都要为我的身体担心呢？

都是好意，我就接受了吧。但是太过分的关怀，也增加了我的心理负担，可免则免。

到了这一阶段，“一定”辛苦的事情，我不会做，也不肯去做。

“我替你拉拉皮，不痛的。”好几位整容医生朋友都好心地说。

我总是笑笑：“脸上的每一条皱纹，都写着我每一种人生经验，这是我的履历书，不必擦掉。”

一生何求

我从年轻开始，一直喜欢看讣闻，这也不是一件多么奇怪的事情。

名人去世，有大篇幅的图文并茂的报道，非我所喜；我爱看的，是一些寂寂无名的人，过着怎么样的一生。

记得抓到侯赛因那一天，大家争着读详情，我却在讣闻栏中注意到一位叫Frank Schubert的走了。他不是音乐家的后代，只是美国最后一个守灯塔的人。

他去世时八十八岁，守灯塔守了六十六年。守灯塔是多么浪漫的一份工作！所有诗歌、小说、戏剧都赞颂，但没有多少人肯做。

枯燥吗？不见得，他守的是纽约的灯塔，见证所有最大型的邮轮出入这一港口。在一九七三年，一艘货轮和油船于浓雾中相撞，也是由他看到了并报海警，结果十个船员死亡，六个失踪，救起了六十三个人。

在我们的印象之中，所有的美国老人都是挺着一个巨大的啤酒肚，但我在讣闻中读到，Frank Schubert是一个又瘦又高、谈吐斯文的人。

他当然有教养，毕竟在孤寂中读了无数的书。至于其他的爱好也不过是钓钓鱼，从来没有放过一天的假。他说：“我不要退休，我太爱海了，我太爱自己的工作了。”

爱海的人，可以当船员、渔夫，但这些工作都是动的；看海的静，有什么好过当守灯塔的人呢?

灯塔由燃油到用电，一切自动化，但那灯泡坏了还需要人来换。不过当今有人造卫星导航，灯塔只能当明信片的背景。

站在舞台上，被千万的灯光照耀，和死守着一盏灯，都同样要过。人生，看你如何选择和被命运安排罢了。

他说过：“我每天看灿烂的黎明和日落，背后还有无数的曼哈顿灯火，一生何求！”

人生要学的，太多

享受姜花的香味，已到尾声，秋天一到，它就消失了。

我对姜花的迷恋，从抵达中国香港的那一刻开始。那种令人陶醉的味道，是我们这些南洋的孩子没有闻过的。

这里的人身在福中不知福，一年四季有花朵和食物的变化，人生多姿多彩，哪像热带从头到尾都是同一温度，那么单调。

姜花总是一卡车一卡车地被运来，停在街边，就那么贩卖。扎成一束束，每束十枝，连茎带叶，甚为壮观。

一般空运来的花，都尽量减低重量，花枝被剪得极短，姜花则留下一根很长的茎，长度有如向日葵的茎，插入又深又大的玻璃花瓶中，很有气派，绝非玫瑰能比。

花贩很细心地在花茎的尾部东南西北四个方向，贯穿地割了两刀，这么一来，吸水较易。

花在未开的时候呈子弹形，尖尖长长的。

下面有个花萼，绿叶左右捆着，有如少女的辫子。一个花托之中，有六到九朵尖花，这时一点儿都不香。

插了一两个晚上，尖形的花打开，有四片很薄的白花瓣，其中一瓣争不过兄弟姐妹，萎缩成细细的一条，不仔细看是觉察不到的。

花瓣中间有花心，带着黄色的花粉，整朵花发出微弱的香味，但是那么多朵一起开着，整间房子都给它们的芬芳熏满了。

在把茎削开时，花贩也会把花托中间那一朵拔掉，他们说这么一来其他的花才会开得快。不知道是什么道理，总之是祖先传下来的智慧，错不了。有时，我买了一束插上，花开得很慢，像我这次只在中国澳门过一个晚上，早上买的，如果当晚不开，就白费工夫。花贩教我，拿回去后浸一浸水，就能即开。我照做，果然如此，又被上了一课。人生要学的，太多。

交友之道，在于原谅对方

我们年轻的时候，疾恶如仇。

这当然是青年人最大的好处，他们天真，不受世俗污染，喜欢就喜欢，讨厌就讨厌，没有中间路线。年纪渐大，对好与坏的界线模糊了许多，这也不是短处，只是因为进入了人生另一个阶段。

初到社会，同事间有一些看不顺眼的，即刻非置对方于死地不可。有的讲你几句，马上想诛他家九族，年轻人有花不尽的爱与恨，很可惜的是恨比爱多。

年纪大的人，一切都已经历过，抓紧了年轻人的弱点，加以利用，先甜言蜜语把他们骗得高高兴兴，再加几句赞美使他们飘飘然，把他们肚中的东西完全挖出来，把它们当成利刃，一刀刀往背后插进去。年轻人毫无招架余地，死了都不知是谁害的。

别骂人老奸巨猾，因为你也有老的一天。奸与不奸，那是角度的问题。自己老了，就不认为自己奸了。就算不奸，在年轻人眼中，你还是奸的。

洋人常说做人要像红酒，愈老愈醇，道理简单，做起来不易。

年轻人逐渐变成中年人，又踏入老年，疾恶如仇的个性慢慢被时间冲淡。但也变不成好酒，有些人总是以为世上的人都欠他们的，所以变成了醋。

老的好处是学习到什么叫宽容，自己错过，就能原谅别人，但有些人偏偏认为自己永远是对的，不断地对别人加以评判，要对方永不超生。他们不知道，恨别人也是痛苦事儿。

交友之道，在于原谅对方。记那么多仇干什么？想到他们的好处，好过记他们的缺点，这是“阿妈是女人”的道理，大家都知道，就是做不出。能原谅人，是天生的，由遗传基因决定，无法改变。我能原谅别人，是父母赐给我的福分，我很感谢他们。

我的醒神、正念之道

我一早起身，尤其是前一晚迟睡，起床后总有一两个小时是懵的状态，不知道自己该做些什么，甚是浪费生命。

稿还没写，急呀，急呀。我坐了下来，又想不出题材，时间一分一秒又这么地溜走，一定要想些办法来克服这些难题，终于让我找到了方向：

一、下床；

二、刷牙；

三、沐浴；

四、沏茶；

五、打太极拳；

六、写经。

从袁绍良老师那里，我只学到一两招儿，就一直凑不出时间上课，但别小看，单单是第一式，已经非常管用。

首先，两脚分开，中间留一尺左右的空位，挺腰直立，双手略弯曲，前伸，作抱着一颗大圆球的姿势。

其次，慢慢地把圆球放下，弯着腰，放到脚部。

练到这里，我已经发现自己的腰有很久没有弯过，低不下去，但每天做，一天低那么一点点，愈做愈兴起，终有一天让我碰到了双脚。

再次，伸直腰，双手还是作捧球状，慢慢升起，到达头顶。双眼向上望，这时你会发现，你已经很久没有抬头望天了，这一动作也令你颈骨伸直。我们写作的人，经常低头，这一动作也能帮助我们克服这一恶习。

最后，双手顶天，吸气，舌头顶住口腔上部，收腹。等双手慢慢放下时吐气。

只是这一招儿，重复又重复，肉体已清醒。

精神上的升华，要靠写《心经》了。

焚一炉香，我便开始写经。我从前写的，行气不足，那是因为想临摹弘一法师的和尚字，导致忽略了每一行的直线；如今发现了这一毛病，也算是一种进步吧。

我做完身心准备，接着就是想赚钱的主意，从《心经》中得到灵感，可以组织一个到日本寺庙的写经团。

我完全清醒，可以写作了，先把昨天写的重新修改一遍，当作热身；再写新的，自己以为流畅，不知读者看后觉不觉得闷。

一切烦恼，都是由贪心开始

早前的报纸上说，英国名校有个新玩意儿，加入“幸福课程”，教学生如何做个开心、快乐的人。

“幸福课程”教学生如何积极地面对挫折或恐惧、寂寞和羞愧的情绪。名与利并不代表快乐，它是一种社会科学。中国香港的社会也是愈富裕愈不快乐，也应该开设这一课程，趁早教育年轻人怎么寻找快乐。

我从十几岁开始就懂得开心比伤心好的道理，一生往追求快乐的道路上走，有点儿心得，虽然我没有文凭。

一切烦恼，都是由贪心开始。

年轻人最喜欢问的是：A君和B君，我到底要选哪一个？

要选哪一个？连这一点也搞不清楚的话，就是代表爱得不够深。爱得深，何须选择？贪心的人，两个都想要，就有困扰。这种情形，最好两个都不要，找C君、D君、E君、F君，或者G、H、I、J、K几个一起来好了。

计算机的原则，也是由“1+1=2”开始的，把最复杂的数字，变为加或者减，答案就算出来。

而且悲哀的事情，总会过去，一过去就笑了。我再次重复：考试、爱情、金钱的苦恼，大家都经历过，过去了就笑。那么为什么不先把笑借来用用？让哀愁慢慢地分期付款清还？

对得起自己最重要，现在能吃，就吃多一点儿；等到牙齿咬不动，想吃也没办法。食色，性也，哪一方面也是一样的。

虽说爱情伟大，但还是没有比花钱更快乐的事情。教你节省的有父母、有学校的老师，很少有人教你怎么花钱。我是一个专家，花钱的本领大过赚钱的，先教你一个花钱的办法：一有额外的收入，像在股票上有所斩获，或得到奖金，那么拿百分之十来花。花得干干净净，尽快地花完，才有快感。一毛不拔的话，不知道钱赚来干什么。

快请我去当助教吧。

莫怕，没有什么了不起

年轻人充满信心时，自大得很。

但是很奇怪，他们怕这个、怕那个，怕的东西和人物真多。

他们读书时怕考试、怕凶恶的老师、怕交不出功课、怕考不上满意的学校。

他们初闯情关，怕出现一个比你更有钱的少爷对手，怕说明爱意被人笑。

他们怕自己不够好看，怕长满脸的青春痘，怕太瘦、太肥，怕太高、太矮，怕一生孤独没人要。

他们出来做事，怕上司，也怕同事用刀子插你的背脊，更怕被炒鱿鱼找不到工作。

他们买点儿股票，怕做大闸蟹[①]；买张六合彩，怕不中。他们步入中年之前，又怕老。

他们到了我们这把年纪，才真正地天不怕地不怕了。对我们来

---

① 指被套牢。

说，一生已经赚够了，再也不能从我们身上剥削些什么。

我真不明白失恋为什么那么恐怖。这个不行，找另外一个呀！难道天下只剩这一个人？

样子长得好不好看？哈哈哈，不好看又怎样，满脸皱纹又怎样？那是我们的“履历”。

长了大肚腩？好哇好哇，给女人当枕头，还不知有多舒服！这个年纪，有肚腩才是正常；骨瘦如柴的，不聚财。

你遇到有钱佬，照样你一句、我一句，大家身份平等。你以为他有钱，他死了之后就会留给你？

你遇到高官，还是开开玩笑算了，也不会因得罪了他们而被秋后算账的。

你看医生时，说一句：“大不了死了。”一切，就这么轻松带过。

如果上帝出现在你眼前，你就问问他：“你出恭的样子，是不是和平常人相同？”

那么年轻，活多几年才对呀

艺人走了，大家惋惜：那么年轻，活多几年才对呀！

活多几年？活来干什么，等人老珠黄，等着被观众一个个抛弃？

只有娱乐圈中的人才明白“蜡烛要烧，点两头更明亮”的道理。一刹那的光辉，总比一辈子平庸好。

人生浮沉，艺人是不能接受的，他们想要永远站在高峰，要跌，只可跌死。

当事业低迷的时候，艺人恐慌、拼命挣扎。这时，好友离去、观众背叛，他们陷入精神错乱。这也是经常见到的事情，因为他们不是一般人，而是艺人。

就算事业一帆风顺，艺人也要求有所谓的突破，比如换一个“新面孔”出现。但大家爱的是旧时的你，喜欢新人的话，不如捧一个比你更年轻的艺人。

更上一层楼，对艺人来说极为危险，也只有剑走偏锋，才可能有蜕变。突破需要很强的文化背景，可惜一般的艺人读书不多，听身边的狐朋狗友的话，一个个像苍蝇跌下。

曾经有人对艺人做一个结论：天才，一定要有，但是运气，还是成功最重要的因素。

艺人以为神一直保佑着他们。失败是一种考验？他们的宗教之中，不允许有人对他们有任何的怀疑。

明明知道是错的，可是没有人能阻止他们。艺人的更新迭代像瀑布，不停冲下，无休无止，一直唱着《我行我素》之歌。

艺人并不需要同情，他们祈求的是你的爱戴。你劝他们保护健康，是多余的。

艺人像一个战士，最光荣的莫过于死于沙场。他们站在舞台上，听大家的喝彩，那区区的绝症，算得了什么？

燎原巨火。燃烧吧。只要能点亮你的心，艺人说：我已活过。

逛菜市场之道

广东道和奶路臣街之间的旺角市集是我最喜欢去的一个菜场。

不要误会，我指的并不是政府建的那座菜市，而是街上的和路旁的小店铺及摊档。因为它有个性，摆到道路中央，警察每天来抓，等他们走后，小贩摆满货物，大做其生意。

买菜，是一种艺术，和烹饪是相呼应的。好厨子不规定今晚要炒些什么，看当天有什么新鲜或新奇的材料，就弄什么菜。

当然，无可选择的酒楼师傅又另当别论，而且，菜色一旦商业化，就失去了私人的格调和热爱，也是极可悲之事。

怎么样能买到好材料呢？以什么标准评定它的优劣？

这都要靠经验和爱好，没的教的。

像一个当店（当铺）学徒，他不是一生下来就会鉴定一件东西的好坏和价值，必要多看、多吃亏，最后才能成为高手。

你到菜市场去逛一圈，就像去了字画铺，像进了一个古董拍卖场，必须从容不迫、悠闲地选择。

最贵的材料并不一定是最好的。比方说猪肉吧，猪排、梅条肉等部分价高，但是一只猪最好吃的部位包围在肺部外层，俗称“猪肺捆”。它的肉纤维短而幼细，又略带肥肉和软骨，味浓而香，是上上肉，也是价钱最低微的肉。炒、红烧等皆可，滚汤更是一流。

煮完捞出来切片，蘸浓酱油和蒜蓉，美味无比，你试试就知。如遇新鲜者，择而购之，肉贩都会称赞你。

在市场游荡之间，忽然，你的眼前一亮，因为看到一种新鲜得发光的食材，脑中即刻计算出要以什么菜去陪衬它后，便要狠狠下手去买，贵一点儿也不成问题。

菜市场的菜，贵极有限，少打一场麻将、少输几场马、少买几张六合彩，已经足够你买任何一样东西。

逛菜市场是最享受的时候，有如追求女人，等到下手去买，便等于确定关系。

大吃大喝也是对生命的尊重

作家亦舒在专栏中感叹："莫再等待明年。明年外形、心情、环境可能都不一样，不如今年。那么还有今天，不为什么，叫几个人大吃大喝、吹牛搞笑，今天非常重要。"

我举手举脚地赞成。

旁观者不但不拍手，反而骂道："大吃大喝？年轻人有什么条件大吃大喝？你根本就不知道钱难赚，怎么可以乱花？"

花完了才做打算，才是年轻呀。骂我的这个人，没年轻过。

年轻时挨苦，是必经的路程。要是他们的父母给钱，得到的欢乐是不一样的。我见过很多青年，都不肯靠家里。

我想，能出人头地的人，都要在年轻时有苦行僧的经历，这样所得到的，才能珍惜；对于人生，才更能享受。

所谓享受，并非荣华富贵。有些人能把儿女抚养长大，已是成绩；有些人种花养鱼，已是代价。

今天过得比昨天快乐，才是亦舒所讲的"重要"。而这种快乐并非不劳而获，这是原则。

当然有些人认为年纪一大把，做人没有什么成就，但这只是一种想法，是和别人比较的结果。就算比较，比不足的，什么问题都能解决。

大吃大喝并不必花太多的钱，年轻时大家分摊也不难为情。或许今天我身上没有，由你先付，明日我来请。路边档熟食中心的食物，不逊于大酒店的餐厅，大家付得起。

亦舒有时也骂我，一点儿储蓄也没有，请客把钱花光为止。这我也接受，只想告诉她我并不穷，也有储蓄，是精神上的储蓄。我的储蓄，老来脑中有大量回忆可供挥霍。

活着，大吃大喝也是对生命的一种尊重，可以吃得不奢侈。银行账户中多一个零和少一个零，根本上和几个人大吃大喝无关。

吃，也是一种学问

有个聚会要我去演讲，指定要一篇讲义，主题说“吃”。我一向没有稿就上台，正感到麻烦。后来想想，也好，作一篇，今后再有人邀请，我就把稿交上去，由旁人去念。

“女士们、先生们，吃，是一种很个人化的行为。什么东西最好吃？妈妈做的菜最好吃。这是肯定的。你从小吃过什么，这个印象就会深深地烙在你脑海里，永远是最好的，也永远是找不回来的。

“我们老家前面有棵树，好大。长大了再回去看，也不是那么高大嘛。两者道理是一样的。当然，这与目前的食物已是人工培养，也有关系。怎么难吃也好，东方人去外国旅行，西餐一个礼拜吃下来，也想去一间蹩脚的中餐厅吃碗白饭。洋人来到我们这里，每天鲍参翅肚，最后我们还是发现他们躲在快餐店啃面包。

“有时，我们吃的不是食物，是一种习惯，也是一种乡愁。一个人懂不懂得吃，也是天生的。如果遗传基因决定了他们对吃没有什么兴趣的话，那么一切只是养活他们的饲料。我见过一对夫妇，每天以即食面（方便面）维生。

“喜欢吃东西的人，基本上都有一颗好奇心。什么都想试试看，慢慢地就变成一个懂得欣赏食物的人。对食物的喜恶大家都不一样，但是不想吃的东西你试过了没有？好吃不好吃？试过了之后才有资格判断。没吃过，你怎么知道不好吃？吃，也是一种学问。这句话太‘辣’，说了，很抽象。爱看书的人，除了《三国演义》《水浒传》《红楼梦》，也会接触希腊的神话、拜伦的诗、莎士比亚的戏剧。

“我们喜欢吃东西的人，当然也须尝遍亚洲、欧洲和非洲的佳肴。吃的文化，是交朋友最好的武器。你和宁波人谈起蟹糊、黄泥螺、臭冬瓜等，他们大为兴奋。你和中国香港人讲到云吞面，他们一定知道哪一档最好吃。你和中国台湾人的话题，也离不开蚵仔面线、卤肉饭和贡丸。一提起火腿，西班牙人双手握指，放在嘴边深吻一下，大声叫出：‘mmmmm。’

“顺德人最爱谈吃了。你和他们一聊，不管天南地北，都扯到食物上面，说什么他们妈妈做的鱼皮饺天下最好。政府派了一个干部到顺德去，顺德人和他讲吃，他一提政治，顺德人又说鱼皮饺，最后干部也变成了老饕。

“全世界的东西都给你尝遍了，哪一种最好吃？笑话。怎么尝得遍？看地图，那么多的小镇，再做三辈子的人也没办法走完。有些菜名，听都没听过。对于这种问题，我多数回答：‘和女朋友吃的东西最好吃。’

“的确，伴侣很重要，心情也影响一切，身体状况更能决定眼前的美食吞不吞得下去。和女朋友吃得最好，绝对不是敷衍。

“谈到吃，离不开喝。喝，同样是很个人化的。北方人所好的白酒，二锅头、五粮液之类，那股味道，喝了藏在身体中久久不散。他们说什么白兰地、威士忌都比不上，我就最怕了。洋人爱的餐酒，我只懂得一点儿皮毛，反正好与坏，凭自己的感觉，绝对别去扮专家。一扮，迟早露出马脚。

“应该是绍兴酒最好喝，刚刚从绍兴回来，在街边喝到一瓶八块钱的‘太雕’，远好过什么‘八年’‘十年’‘三十年’。但是最好的还是中国香港天香楼的。好在哪里？好在他们懂得把老的酒和新的酒调配，这种技术内地还学不到，尽管老的绍兴酒他们多的是。我帮过法国最著名的红酒厂厂主去试天香楼的‘绍兴’，他们喝完惊叹东方也有那么醇的酒，这都是他们从前没喝过之故。

“老店能生存下去，一定有它们的道理。西方的一些食材铺子，如果经过了非进去买些东西不可，像米兰IL Salumaio的香肠和橄榄油，巴黎的Fauchon（馥颂）面包和鹅肝酱，伦敦的Fortnum&Mason（福南梅森）的果酱和红茶，布鲁塞尔的Godiva（歌帝梵）的朱古力等。鱼子酱还是伊朗的比俄国的好，因为抓到一条鲟鱼，要在二十分钟之内打开肚子取出鱼籽。上盐，太多了过咸，少了会坏，这种技术，也只剩下伊朗的几位老匠人会做。

“但也不一定是最贵的食物最好吃，豆芽炒豆卜（豆腐泡），还是有很高境界的。意大利人也许说是一块薄饼。我在那波里（那不勒斯）也试过，上面什么配料也没有，只有一点儿番茄酱和芝士，真是好吃得要命。有些东西，还是从最难吃中变为最好吃的，像日本的所谓什么中华料理的韭菜炒猪肝，我当年认为是咽不下去的东西，当今回到东京，常去找来吃。

“我喜欢吃，但嘴绝不刁。如果多走几步可以找到更好的，我当然肯花这些工夫。附近有家藐视客人胃口的快餐店，那么我宁愿这一顿不吃，也饿不死我。

“‘你真会吃东西！’友人说。不，我不懂得吃，只会比较。有些餐厅老板逼我赞美他们的食物，我只能说：‘我吃过更好的。’但是，我所谓‘更好’，真正的老饕看在眼里，笑我旁若无人也。

“谢谢大家。”

种下一颗美食的种子

湖南卫视的《天天向上》是一个极受欢迎的节目，主持人汪涵有学识及急中生智的能力，这也是节目成功的因素。他一向喜欢我的字，托了沈宏非向我要了，我们虽未谋面，但大家已经是老朋友，当他叫我上他的节目，我欣然答应。

反正是清谈式的，无所不谈，不需要准备稿件，有什么说什么，当被问道："如果世上有一样食物，你觉得应该消失，那会是什么呢？"

"火锅。"我不经大脑就回答。

这下子可好，一棍得罪天下人，喜欢吃火锅的人都与我为敌，遭舆论围攻。

哈哈哈，真是好玩，火锅会因为我一句话而消灭吗？

而为什么当时我会冲口而出"火锅"呢？大概是因为我前一些时间去了成都，一群做四川菜的老师傅跟我说："蔡先生，火锅再这么流行下去，我们这些文化遗产就快保留不下了。"

不但是火锅，许多快餐如麦当劳、肯德基等都会令年轻人只知那些东西，而不去欣赏老祖宗遗留给我们的真正美食，这是多么可惜的一件事情。

火锅好不好吃，有没有文化，不必我再多插嘴，袁枚先生老早代我批评。其实我本人对火锅没有什么意见，只是想说天下不只是火锅一味，还有数不完的更多更好吃的东西，等待诸位一一去发掘。你自己只喜欢火锅的话，也应该给个机会让你的子女去尝试，也应该为下一代种下一颗美食的种子。

多数的快餐我不敢领教，像汉堡包、炸鸡翅之类。我记得在伦敦街头，饿得肚子快扁，也不走进一家快餐店，宁愿再走九条街，看看有没有卖中东烤肉的。但是，对于火锅，天气一冷，我是会想食的。再三重复，我只是不赞成一味吃火锅，天天吃的话，食物已变成了饲料。

“那你自己吃不吃火锅？”小朋友问。

“吃呀。”我回答。

到北京，我一有机会就去吃涮羊肉，不但爱吃，而且喜欢整个仪式，一桶桶的配料随你添加，芝麻酱、腐乳、韭菜花、辣椒油、酱油、酒、香油、糖等，好像小孩儿玩泥沙般地添加。最奇怪的是还有虾油，等于是南方人用的鱼露，他们怎么会想到用这种调味品呢？

但是，如果北京的食肆只是涮羊肉，没有了卤煮、没有了麻豆腐、没有了炒肺片、没有了爆肚、没有了驴打滚、没有了炸酱面……那么，北京该多么沉闷！

南方的火锅叫打边炉，这是每到新年家里必备的菜，不管天气有多热，有了它才有过年的气氛，甚至到了令人流汗的南洋，少了火锅过不了年，你说我怎么会讨厌呢？我怎么会让它消失呢？但是在南方天天打边炉，一定热得流鼻血。

我去了日本，锄烧寿喜烧（Sukiyaki）也是另一种类型的火锅，他们不流行一样样食材放进去，而是一锅煮出来，或者先放肉，再加蔬菜、豆腐进去煮，最后的汤中还放面条或乌冬。我也吃呀，尤其是京都“大市”的水鱼锅，三百多年来屹立不倒，每客三千多港币，餐餐吃，要吃穷人的。

最初抵达中国香港适逢冬天，我即刻去打边炉，鱼哇，肉哇，全部扔进一个锅中煮。早年我吃不起高级食材，菜市场有什么吃什么，后来经济起飞，才会加肥牛之类。到了二十世纪八十年代的穷凶极恶时，最贵的食材方能走入食客的法眼，但是我们还有很多的法国餐、意大利餐、日本餐、韩国餐、泰国餐、越南餐等，我们不会只吃火锅，火锅店来来去去，开了又关，关了又开。代表性的“方荣记”还在营业，也只有旧老板金毛狮王的太太在支撑着，先生走后，她还是每天到每家肉档去买那一只牛只有一点点的真正肥牛肉，到现在还坚守。我不吃火锅吗？吃，“方荣记”的肥牛我吃。

我到了真正的发源地四川去吃麻辣火锅，发现年轻人只认识辣，不欣赏麻，其实麻才是四川的古早味道，现在都忘了。我看年轻人吃火锅，先把味精放进碗中，加点儿汤，然后把食物蘸着这碗味精水来吃，真是恐怖到极点，还说什么麻辣火锅呢？首先是没有了麻，现在连辣都无存，只剩味精水。

做得好的四川火锅我还是喜欢，尤其是他们的毛肚，别的地方做不过他们，这就是文化了。从前有道毛肚开膛的，还加一大堆猪脑去煮一大锅辣椒，和名字一样刺激。

我真的不是反对火锅，而是反对做得不好的还能大行其道，只是在酱料上下功夫，吃到的不是真味而是假味。味觉这个世界真大，大得像一个宇宙。大家就别坐井观天了。

保持一份真

蔡澜。中年人。

我在海外半工半读，就职于某大机构，度过了十数年。忽闻春尽强登山的时候，我转于一财团支持下的独立公司当棋子。我拼命冲锋，奈何下棋者因问题而说：“不玩了。”

我现在每天过着自由和不安的日子，但并不因此而懒惰，多观察人生、读书、旅行、钻研篆刻、玩苹果二号等以培养经济观念。我亦勤于写方块文字，可惜跳不出框框。我所写杂文，唯有关于饮食者略为人知，印象中，作者只书食经。我甚感寂寞之余，幸有隔壁邻舍精神支持，微有寄托。

数十年来，我可说是有一肚子不合时宜，所受中国传统思想影响极深。我做人的基本原则，其中有：不负人、守时、重诺言。

但是，父母、老师和文化之教导，变成处世的最大缺点。

当然，先下手为强、人情纸半张、让人等而提高身份，以没有原则为原则的玩意儿，并非蠢得学不到，应是容易得即刻上手。而且，还能变本加厉。

愿不愿意，因人而异。大家思想一样，岂非无趣？价值观念随时间变化，谁是谁非，下不了定论。

我只相信保持一份真。真是新，新就是年轻。年轻人创作，较老的人为他们守着。不为真守，而守自己的变了质的真，便不年轻。选择任何一种工作来做，都是好的。

为了保持这个原则，我也要做某些牺牲，宁愿放弃传宗接代的观念。我公私分明，有时作“不在吃饭的地方大便”的伟论。不少美女微笑经过，我正在后悔，又看到她们生儿育女，祝福之外，不做妄想。

我自觉守旧，但与青年人相聚时，发现有了代沟：我要在工作时拼命，要在休息时狂舞。他们却要将二者混为一谈，并引证种种哲学。我只感到他们老成，我较年轻。穿着牛仔裤，满脸胡须的怪物，也在先进的领土上证明能在商业社会生存。只要有一份真。

我只想做一个人

一

我这一生，与孩子没有缘分。

“不孝有三，无后为大”的旧观念我还是接受的，但是家中姐姐、哥哥及弟弟各自为爸妈养了两个孩子，这一任务也不用我去执行了吧？

我不想有孩子，因为我自己就是个长不大的孩子。而且，我没有足够的爱去给孩子。

这并不表示我对别人的儿女觉得反感，大家各有各的选择，所以绝对不要对我抱有同情和惋惜。

城市的孩子，只能享受到短暂的童年生活。他们看电视时模仿大人的样子，一下子，他们都变得跟你我一样，失去了纯真。

我这种人不适宜有孩子。

第一，我感到人生的生老病死再加上重重的欲望，不如意多过快乐。我有权说这些话，因为我已经过了大半生。

第二，我不相信目前的教育制度，这些教育制度把儿童压得扁扁的，要是有孩子，我一定不让他上学校，我会自己教育和开导，长大后再让他选择自己要走的路。

第三，“没有子孙，老来寂寞”这句话现在也行不通，他们大了各自离去，我们到头来还不是照样孤独？

总之，我可以提出一百个理由告诉你，没有孩子不是一件大不了的事情。但是，有了孩子的人，就像固执的传教士，一定要用二百个理由来反驳你。“你不知道孩子是多惹人欢喜，他们第一次哭，第一次叫‘爸爸妈妈’就可以让你快乐一辈子。”接着，他们把孩子的一切鸡毛蒜皮的事情都详详细细、重复地跟你说，不管你会不会听得闷死。

最后，对方看我一点儿反应也没有，就大嚷：“我不想浪费时间和你讨论这个问题，有了孩子是人生的另一个阶段，你没有经历过，就不知道其中乐趣，不跟你讲了！”

乐趣？人生的乐趣除了孩子，也不少呀。旅行、文学、电影、音乐等，这么短暂的时间，岂够一一去尝试？

二

不知道是什么时候，我变成了食家。

大概是在刊物上写餐厅评价开始的。我从不白吃白喝，好的就说好，坏的就说坏，读者喜欢听吧。

我介绍的不只是大餐厅，街边小贩的美食也是我推崇的，这也是较为人亲近的缘故。

为什么读者说我的文字引人垂涎？那是因为每一篇文字，都是我在写稿写到天亮，肚子特别饿的时候下笔。秘诀都告诉你了。

被称为“家”不敢当，我更不是老饕，只是一个对吃有兴趣的人，而且我一吃就吃了几十年，不是专家也变成专家。

我们也吃了几十年呀！朋友说。当然，除了爱吃，好奇心也要重，肯花工夫一家家去试，记载下来不就行吗？每一个人都可以成为食家的呀。

不知道是什么时候，我变成了茶商。

茶一喝也是数十年，我之所以特别爱喝普洱茶，是因为来到中国香港，人人都喝的关系，普洱茶只在珠江三角洲一带流行，连原产地的云南人也没那么重视。广东人很聪明，知道普洱茶去油腻，所以广东瘦人还是多过胖子。

不过普洱茶是全发酵的茶，一般货色有点儿霉味，我找到了一条明人古方，调配后生产给友人喝，大家喝上瘾来一直向我要，不堪麻烦地制出商品，就那么糊里糊涂地成为茶商。

不知道是什么时候，我卖起零食来。

也许是因为卖茶得到一点儿利润，我对做生意产生了兴趣。我想起小时候奶妈废物利用，把饭焦炸给我们吃，即是将它制成商品出售而已。

不知道是什么时候，我开起餐厅来。

既然爱吃，这个结果已是理所当然的事情。在食肆吃不到猪油，只有自己做。大家都试过挨穷吃猪油捞饭的日子，同道中人不少，大家分享，何乐而不为？

不知道是什么时候，我生产酱料。

我干的都和吃有关，又看到XO酱的鼻祖韩培珠的辣椒酱给别人抢了生意，就激起她的兴趣，请她出马做出来卖。成绩尚好，我便加多一样咸鱼酱。咸鱼虽然大家都说吃了会生癌，害怕，但基本上我们都爱吃，做起来要姜葱煎，非常麻烦，不如制为成品，一打开玻璃罐就能入口，那多方便！生意便产生了。

不知道是什么时候，我有了一间杂货店。

各种酱料因为坚持不放防腐剂，如果在超级市场分销，没有冷藏吃坏人[①]怎么办？我只好弄一个档口（店面）自己卖，请顾客一定要放入冰箱，便能达到卫生原则，所以就开那么小小的一间。档口的租金不是很贵，也有多年好友谢国昌一人看管，还勉强维持。我接触到许多中环佳丽来买，说拿回家煮个公仔面当菜，原来美人也有寂寞的晚上。

不知道是什么时候，我推销起药来。

在澳洲拍戏的那年，我发现了这种补肾药，服了有效，介绍给朋友，大家都要我替他们买，不如就代理起来。澳洲管制药物的法律极严，吃坏人给人告到扑街[②]，这是纯粹草药炼成，对身体无害，卖就卖吧。

不知道是什么时候，我写起文章来。

抒抒情，又能赚点儿稿费帮补家用，多好！稿纸又不要什么本

---

① 粤语语境，即吃坏肚子。
② 粤语文化中常见，这里指代糟糕、倒霉、不顺利等意。

钱的。

不知道是什么时候，我忘记了自己的老本行是拍电影。

我从十六岁出道就一直做，也有四十年了。我拍过许多商业片，其中只监制三部三级电影，便给人留下印象，再也没有人记得我监制过成龙的片子，所以我也忘记了自己是做电影的。

这些工作，有赚有亏，说我的生活无忧无虑是假的，我至今还是两袖清风，得努力保个养老的本钱。

“你到底是什么身份？电影人、食家、茶商、开餐厅的、开杂货店的、做零食的、卖柴米油盐酱醋茶的？你最想别人怎么看你？”朋友问。

“我只想做一个人。”我回答。

从小，父母亲就要我好好地“做人”。做人还不容易吗？不，不容易。

“什么叫会做人？”朋友说，“看人脸色不就是？”

不，做人就是努力别看他人脸色，做人，也没必要给别人脸色看。

人生下来，大家都是平等的。人与人之间要有一份互相的尊敬。所以我不管对方是什么职业，是老是少，我都尊重。

除了尊敬人，也要尊敬我们住的环境，这是一个基本条件。

我看惯了人类为了一点儿小利益而出卖朋友，甚至父母兄弟，也因此学会了饶恕。人，到底是脆弱的。

年轻时疾恶如仇的时代已成过去。但会做人并不需要圆滑，有些话还是要说的。我为了争取到这个权利，付出的代价甚多。现在，我要求的也只是尽量能说要说的话，不卑不亢。

到了这个地步，我最大的缺点是变成了老顽固。但已经炼成百毒不侵之身，别人的批评，我当耳边风矣，认为自己是一个人，中国人、美国人都没有分别。愿你我都一样，做一个人吧。

”4 Part

蔡澜对谈蔡澜

关于身世

问：你真会应付我们这群记者。

答：（笑）这话怎么说？

问：我们来访问之前，你就先问我们要问什么题目。问吃的，你把写过的那篇《访问自己》关于吃的内容拿给我们；问到电影，你也照办，把我们的口都塞住了。

答：（笑）我不是故意的，只是常常遇到一些年轻的阿猫阿狗，编辑叫他们来访问，他们对我的事情一无所知，不肯搜集资料，问的都是我回答过几十次的。我不想重复，但他们又没的交差，只好用这个方法了。自己又可以赚回点儿稿费，何乐不为？（笑）但是我会向他们说，如果是在我自问自答的内容中没有出现过的问题，我会很乐意回答的。

问：（抓住了痛脚）我今天要问的就是你没有写过的：关于你家里的事情。

答：（面有难色）有些隐私，让我保留一下好不好？像关于夫妇之间的事情，我都不想公开。

问：好。那么就谈谈你家人的，总可以吧？

答：行。你问吧。

问：你父亲是怎么样的一个人？

答：我父亲叫蔡文玄，外号石门，因为他老家有一个很大的石门。他是一个诗人，笔名柳北岸。他从中国来南洋谋生，常望乡，梦见北岸的柳树。

问：你和令尊的关系好不好？

答：好得不得了。我十几岁离家之后，就不断地和他通信，一星期总有一两封，几十年下来，信纸堆积如山。一年之中，他总来我们那里小住一两个月，或者我回新加坡看他。

问：你的一生，有没有受过他的影响？

答：很大。在电影方面，我都是因为他才干上这一行。他起初是在家乡当老师的，后来受聘于邵仁枚、邵逸夫两兄弟，由中国来新加坡发展电影事业，担任的是发行和宣传的工作。我对电影的爱好也是从小由环境培养出来的，那时家父也兼任电影院的经理。我们家住在一家叫南天戏院的三楼，一走出来就看到银幕，差不多每天都在看戏。我年轻时做制片不大提起是源于我父亲的关系，长大了才懂得承认干电影这行，完全是父亲的功劳。

问：写作方面呢？

答：小时候，父亲总从书局买一大堆书回来，由我们几个孩子去打开包裹，看看我们伸手选的是怎么样的书，我喜欢看翻译的，他就买了很多《格林童话》《天方夜谭》《希腊神话》等这类的书给我看。

问：令堂呢？

答：母亲教书，来了南洋后当小学校长，做事意志很坚决，这一方面我很受她的影响。

问：兄弟姐妹呢？

答：我有一位大姐，叫蔡亮，因为生下来时哭声嘹亮，母亲忙着教育其他儿童时，由她负担起半个母亲的责任，指导我和我弟弟的功课，我一直很感激她。后来她也学了母亲，当了新加坡南洋女子中学的校长，那是一所名校，学生不容易考得进去的。她现在退休，活得快乐。

问：你是不是有一个哥哥和一个弟弟？

答：嗯，大哥叫蔡丹，小蔡亮一岁，因为出生的时候不足月，很小，小得像一颗仙丹，所以叫蔡丹。后来给人家笑说拿了菜单（蔡丹），提着菜篮（蔡澜）去买菜。丹兄是我很尊敬的人，我们像朋友多过像兄弟。父亲退休后在邵氏的职位就传给了他，丹兄前几年因糖尿病去世，我很伤心。

问：弟弟呢？

答：弟弟叫蔡萱，忘记问父亲是什么原因而取名了。他在新加坡电视台当监制多年，最近才退休。

问：那第三代呢？

答：姐姐两个儿子都是律师。哥哥有一子一女，儿子叫蔡宁，从小受家庭影响，也要干和电影有关的事情，长大后学计算机，住在美国。他以为自己和电影搭不上道，后来在计算机公司做事，被派去做电影的特技，转到华纳，《蝙蝠侠》的电脑特技他有份参与，所以他的工作还是和电影有关；女儿叫蔡芸，日本庆应大学毕业，做了家庭主妇。弟弟也有一子一女，儿子叫蔡晔，因为弟媳是日本人，家父说取日和华为名最适宜，晔字念成叶，菜叶菜叶的也不好听，大家都笑说我父亲没有文化；女儿叫蔡珊，已出来社会做事。

问：为什么你们一家都是单名？

答：我父亲说发榜的时候，我们考得上很容易看出，中间一格是空的嘛。当然，我们考不上，也很容易看出。

问：你已经写了很多篇访问自己的文章，是不是有一天集结成书，当成你的自传？

答：自传多数是骗人的，只记自己想记的威风史。坏的、失败的多数不提，我从来没有写过像自传那么虚伪的文章。我的《访问自己》更不忠实，还自问自答，连问题也变成了一种方便。我回答的当然是笑话居多。人总有些理想，做不到的事情想象自己已经做到，久而久之，假的事情好像在现实生活中发生过。但是我答应你，在这一篇关于身世的访问中，尽量逼真，信不信由你。

关于人生的回顾

问：你是一九四一年出生的，已六十多岁，做个回顾吧，有什么感想？

答：我一时说不出有什么感想，只觉得快。是的，人生过得太快了。

问：是怎么一种快法？

答：所谓快活、快活，就是痛快活着，当我三十岁时看了一部叫《2001：太空漫游》的片子，我屈指算算，唉，到了二〇〇一年，已六十岁了，会是怎么一个样子？我现在想起来，像昨天的事情。照照镜子，我只能说一个“老”字。

问：心境还是算年轻吧？

答：这句话，老的人常挂在嘴里，其实老了就老了，没有什么“心境年轻”这一回事。相反地，年轻人活得不快乐，样子看起来就很老，老过他们的实际年龄很多。我周围也常出现这一类人，像专家常指导我，我一直当他们是我爷爷。

问：你呢？你年轻时是怎么一个样子？

答：我十五六岁时一直想快点儿老，留了小胡子。邵逸夫爵士生日，父亲和我去祝寿，他从小看我长大，跟我说：我大你三十几年，都还没有胡子，怎么你会有胡子？（笑）

问：后来是不是变得很老成？

答：也不见得。至少这是人家告诉我的。朋友说我的样子长得比实际年龄还要年轻。十二三年前和倪匡兄、黄霑兄做《今夜不设防》时，我已经四十多岁，但看起来并不像。直到五六年前我父亲去世，我非常悲哀，老得厉害，才相信一夜白头这种事情。经过后，我恢复到正常的样子，活到六十岁，就像六十岁，是个普通老头了。

问：请多说一点儿令尊去世的事情。你哭了？

答：是的，我哭了，我一生之中除了小孩儿不懂事，很少哭过，女朋友离开时当然不哭，教我书法的冯康侯老师过世的时候，我哭了。接下来就是父亲去世的时候，我想，自己以后已经不会流泪了。

问：谈开心一点儿的事情吧。

答：是的，谈开心一点儿的事情吧。

问：你活了六十多年，有多少个女朋友？

答：我带旅行团，吃饭后大家聚在一起聊天，有位团友也问过我同样的问题。我回答说有五十个。

问：为什么有五十个？

答：我从十多岁开始懂事，你知道南洋的孩子是早熟的，刚好是五十个，一年一个，不算多吧？（笑）

问：谈到男女之事，你为什么老是不正经？

答：如果你了解男女之事，你也不会正经。

问：从男女感情中，你到底学到了什么？

答：我学到尽量不要去伤害别人。我年轻时不懂得这种感情，好奇心重，拼命去试，伤害了不少人；过后觉得自己也同时受了伤，所以可以避免，就要避免。

问：对生、老、病、死的看法？

答：我常开黄霑兄的玩笑，他大我几个月，我说生，你已经生下来了，没什么好谈。老，你已经老了。病？你的太太是医院院长的女儿，病了有人照顾。至于死，你死定了。人生有什么好大惊小怪的？（笑）

问：说到人生，你也不正经。

答：如果你了解人生，你也不会正经。

问：既然死是必然的事情，你有没有想过这一问题？

答：当然，我们受中国教育的人，最不好的就是不肯正视这一问题。死亡是人生的一部分，我们接触愈多，愈看得透彻。我们可以将人生当旅行，向外国人学习，墨西哥人穷困，死亡一直陪伴着他们，所以有死亡节日；像巴西人的嘉年华会，大放烟花，小孩儿买做成骷髅形的白糖来吃，和死亡为伍，习惯了，就不怕了。我们中国人总是不去谈它。太怕死，不是好事。

问：宗教信仰，会不会帮助你加深对死亡的了解？

答：这是肯定的。天主教唯一好处就是这点儿贡献，教徒说相信有重生，所以在医院的病人走得安详。我们中国人的信仰差得多，一直用轮回来吓人。我从小最讨厌的，就是虎豹别墅的那些公仔。上刀山、下油锅的，做得非常俗气，也称不上是什么民间艺术。

问：既然你不介意这件事情，那么怎么个死法，才算死得好？

答：死，要死得有尊严，就像老要老得有尊严一样。

问：先谈老得有尊严。

答：老，一定要老得干净，干干净净就有尊严。身上穿的是名牌，或者是花园街买的衣服，都要洁白、笔直。头发，如果还剩下的话，要梳一梳。胡子，当然还有啦，留着也好，但是要修整，不然就刮光。中间路线，总给别人一个不干净的感觉，这也不是做给别人看，老了还管人家那么多？自己感觉到干净，就有尊严，走路最好腰背挺直。不弯腰，人更有尊严。

问：谈一谈死得有尊严吧。

答：好。

问：什么叫作死得有尊严？请举一个例子。

答：比方说，一个人得了癌症，被拖得没有人形，就是死得没尊严了。

问：那是没有办法改变的呀！

答：有。就是安乐死。

问：你赞成？

答：何止赞成！我简直认为有了安乐死，人类才可以真正称得上是文明进步。现在荷兰已经将安乐死合法化，我们的社会，不知道要等到何年何日。我不单赞成患了绝症可以安乐死，我觉得活到某个年纪，还是不快乐的话，说走就可以走。至少，有了这一信念，人活下去，会自信得多。

问：中国社会行不通，你又想享受安乐死，怎么办？

答：那我最好是搬到荷兰去住。

问：但是没病的话，医生也不肯帮你的呀！

答：所以说要找一些知识分子的医生做朋友，请他们吃饭，你知道荷兰人是不会请来请去的，所以AA制在荷兰很常见。“请客”对他们来说勉为其难，我相信他们也了解的。

问：比命运安排得早走，不可惜吗？活下去总有新希望的。

答：当你也活到六十多岁时，你会有自知之明。

问：如果是发生在你身上的呢？

答：知道怎么走，比摸索更好。我已经活到六十多岁，没生过什么大病（敲敲木鱼），算是很幸运的。命运安排，我还过得不错。我虽然付出过努力，但我认为还是因为这条命好。所以万一医生查出我患了什么绝症的话，我与其相信医生的治疗，不如相信算命者为我计算出的将来。

问：你看过相吗？

答：人家要替我看的时候，我总是说：从前的事情，我比你清楚；今后的事情，我不想知道。

问：现在呢？

答：我到了六十多岁，还活得不错的话，不是命是什么？我可以看相了，可以让占卜者指示一条路。如果对方说像我父亲一样，活到九十岁，那么我还有三十年，就乖乖地听医生的话，做个所谓的枯燥健康人；如果对方说几年之后有个过不了的关，那么我就尽量放纵，任何芥蒂都没有了，做一些先前没沉迷过的事情，把生命燃烧，如果生命像蜡烛的话，要烧就烧两头，照得光亮一点儿。

问：你这么说，会不会教坏年轻人？

答：倪匡兄说过，好的孩子教不坏，坏的孩子教不好。而且，只因听了我一席话，就有那么大的影响的话，那我可以去创造一个“新宗教”了。

问：你不是创造了吃吃喝喝的宗教吗？

答：（笑）是的，吃吃喝喝，人生之中，最实际了。我说完从来没有后悔过，健康是次要的问题。

问：写作方面，你有没有想过退休？

答：这是我近来常想的问题。天天在报纸上写专栏，占去我人生不少时间，我宁愿拿这些时间去玩，去学习新东西。稿费虽然不错，但少了也活得下去，我还想写的信念，是答谢读者的支持。写得不好，没人看，报馆就炒你鱿鱼，很现实、很正常。我们天天写，读者天天看，已经建立了一种家庭关系。有一本杂志的编辑跟我说，同样的题材已经登了几年，换一种新的好不好？我说不好。你和你爸爸也相处了几十年，你要换你的爸爸吗？结果他当然说不换了。（笑）

问：但是你会不会真的不写呢？

答：我总会有一天停下来，一个作者不写了，就等于死了。也许有一天我会突然宣布自己的死亡。省了读者事后的哀悼。

问：你有没有写过遗嘱？

答：遗嘱有什么好写的？走了就走了，还关照些什么葬礼风光不风光？本人看不到，有什么用？要写遗嘱的话，不如在活着的时候安排自己的葬礼。至少你可以看到谁是你的朋友、谁是你的敌人。葬礼最好变成一个大派对，尽量喝最好年份的香槟，吃最肥腻、最不健康的菜肴，宴会完毕后自己搞失踪，不再见人。

问：那你会躲到什么地方去?

答：我不知道说过多少次，自己在清迈有一块地，搭间工作室，找些木头，雕刻佛像。

问：你的佛像会是怎么一个样子，真想看看。

答：像人，多过像佛。谁看过佛？怎么刻得像？我的佛像，面孔雕凿得精细，显出安详的表情，身体和衣服可以刻得粗犷，加上缤纷的颜色，如果有佛的话，他们有时也会穿得光鲜，表现出他们最开心的状态。我自己也开心，这是最重要的。

问：你已经把地点也告诉了别人，朋友们还会找不到你吗?

答：他们找到的时候，已经不是死去的我，是另一个老和尚。

关于岁月的逝去

问：你不避讳谈谈死亡的问题吧？

答：人生必经之道。我避忌些什么？这是东方人的缺点，以为长寿是福，从不谈及死亡的问题。但活得不快乐的话，长寿怎会是福分呢？

问：今后会有什么计划？

答：小时候，老师鼓励我们，在一个年月的开始，写下要做什么；大了，不做这些傻事。

问：你觉得自己会活多久？

答：目前科学和医学昌明，我要是能够活到七十，不算要求过高吧？一定要我说出一个计划，就来个十年计划。十年过后，如果不是这里痛、那里痛的话，那么再定一个十年计划也不迟。

问：你有没有想过在这个十年计划中，会做些什么？

答：想过。我想了老半天，想不出一个头绪。还是随遇而安，过一天算一天吧。人的生命，是那么脆弱。从早逝的亲戚和朋友中，我们可以得到这种结论。计划归计划，现实生活中将会发生些什么，谁知道？

问：难道连一个月的时间也没有？

答：我最不喜欢有什么目的或者有什么使命的。如果硬说需要什么指标，那么还是一句老话：希望活得一天比一天更好。今天比昨天快乐，明天又要比今天充实。

问：什么叫充实？

答：多看书，多旅行，多观察别人是怎么活下去的，多学一点儿你想学的东西，你就会感到充实。像我最近才学会用电脑上网，就有充实感。

问：物质上的享受重不重要？

答：回答你不重要，是骗你的，我的欲望还是很强。我的一个食评专栏名字叫《未能食素》，和吃不吃肉没有关系，那是代表我对物质的放不下，我还不能达到无欲无求的层次。

问：如果有一天没有了欲望，你会做什么？

答：做和尚哇！

问：你不是开玩笑吧？

答：我一点儿也不是在说笑。认真的，如果那时候来到，我就去泰国清迈，在那里我买了一块地，搭一间工作室，用木头刻佛像。懂得艺术的和尚多数是会受尊敬的。

问：你做了和尚，还管受不受尊敬？

答：（脸红）你说得对。所以我说自己六根未净嘛。

问：我们还是谈回“死”吧。

答：人生下来，自己是不能决定的。但是，我想，死最好能够自己掌握。我小时候看过马克·吐温的小说《顽童流浪记》[①]，主人翁骗大家自己被淹死了，又偷偷回来看自己的葬礼，那多有趣！

问：你的葬礼，会是怎样一个葬礼？

答：最好是像开大派对一样，载歌载舞，开香槟，不要有任何哀愁，只有欢乐。

问：然后呢？

答：然后结束自己的生命呀！

问：可能吗？

答：高僧都知道自己什么时候死。像弘一法师，他最后写了“悲欣交集”四个字；我最后还没决定要写哪四个字，给我一点儿时间想想。

问：你觉不觉得自己老了？

答：古人有句“丹青不知老将至”的句子，幸好我的头发虽然

---

① 此为中国台湾译本，人民文学出版社（2001）张友松译本为《哈克贝利·费恩历险记》。

白了，但还没掉光，所以也不感觉老。体力大不如前倒是我每天能感觉到的，像酒量、像性爱的次数等。我思想上可是愈来愈年轻，觉得周围的人都比我稳重。我常开玩笑，说自己和年轻人有代沟，比他们年轻。

问：你吃得好、住得好，当然比很多人年轻啦。

答：我吃得好、住得好，是年轻时付出了勤劳的行动。我也有经济不稳定的岁月，这不是在说风凉话。和我有代沟的年轻人，是我觉得他们对生活的态度不够积极。

问：你还有什么想吃的东西？

答：很多。但是大部分我都吃过，我现在看到鲍参翅肚就怕，宁愿吃豆芽炒豆卜。

问：你有没有不敢吃的？

答：前几天去了东京，那家吉野家的牛丼[①]没有人敢食，我才不怕，照吃不误。疯牛症的潜伏期有十年，如果我有计划，那刚好到期。人一老，反而是人生一张自由自在的通行证。

问：你真的不怕死？

答：人生充实了，对死亡的恐惧会相对地减少。我好像告诉过大家这么一个故事：有一次我乘长途飞机，旁边坐了一个彪形大汉

---

① 牛丼：是日式汉字借音，指“盖饭”，如牛丼、亲子丼等。

的鬼佬，遇到了不稳气流，飞机颠簸得厉害，鬼佬拼命抓紧手把，我若无其事地喝我的酒。气流过后，鬼佬看我看得不顺眼，问我：“你是不是死过？”我懒洋洋举起食指晃了一晃，回答道：“不。我活过。”

关于幸福

问：你认为幸福是怎么一回事?

答：幸福是在一个懒洋洋的下午，在阳光斜射、烟雾缭绕的开放式厨房，和最好的朋友，做做葱油饼，被香槟灌醉。再者，老了之后还可以拼命赚钱，远比年轻时赚钱更有自信，也幸福得多。

问：你最恐惧的是什么?

答：变成有知觉的植物人。或者，患上阿尔茨海默病，又失去味觉和性能力。变植物人一点儿办法也没有。后三者一到，是有救的，解脱在于安乐死。

问：你最大的遗憾是什么?

答：不够时间享受更多的肉体与精神上的痛快。

问：你最尊敬的在当今还活着的，是什么人?

答：古人多的是，当今活着的很少，大抵只有金庸先生吧。有华人的地方，就有他的书。他的小说，令我着迷数十年。

问：你最讨厌自己的，是什么？

答：最讨厌自己太守规矩。

问：你最讨厌别人的是什么？

答：讨厌人家不守时，讨厌年轻人对长辈不尊敬，讨厌所有对父母不孝的人。

问：你自己最大的挥霍是什么？

答：买张贵床，盖条贵被，穿上贵鞋，浸最好的温泉。

问：你如今的心情如何？

答：安详。

问：你觉得男人最可贵的是什么？

答：绅士风度。

问：你觉得女人最可贵的是什么？

答：风趣又性感。

问：你最常用的句子是什么？

答：胆固醇万岁。

问：你最喜欢的作家是谁？

答：太多了，不胜枚举。外国的，所有世界经典名著的作者都喜欢；中国的，我爱一切写明朝小品文的人，还有李渔、袁枚等食家。精神生活的，当然是丰子恺。

问：你希望有其他的才华吗？

答：也是太多，我希望会写曲、作交响乐、弹爵士。我对音乐，接触得太少。

问：作家们撰写的人物之中，你的英雄是谁？

答：金庸的段誉、令狐冲；王尔德的道林·格雷，夏目漱石的猫。

问：现实生活中的人物，你的英雄又是谁？

答：弘一法师。

问：你觉得自己一生之中，最大的成就是什么？

答：随便走进中国香港的任何餐厅，我都可以找到一张桌子。

问：你喜欢生活在哪个地方？

答：中国香港、香港、香港。要是中国香港的言论自由没有了，就搬到纽约。

问：你最珍贵的收藏品是什么？

答：没有，一切都是身外物。徐悲鸿有一方印章，刻着“暂存吾家”，我很喜欢，我也常用“由我得之，由我遣之”这句话。

问：你认为生命中最痛苦的深渊是什么？

答：基本上我是一个喜欢娱乐别人的人。有苦自己知，不告诉你。

问：你觉得朋友之中，最珍贵的是什么？

答：最珍贵在于能够在思想上沟通，你教我些什么，或者我有什么可以讲给你听。我结的是中等缘。对朋友，我珍惜可以“我醉欲眠卿且去”的朋友，我想念“只愿无事常相见”的朋友。

问：其中有谁？

答：倪匡兄。亦舒，虽不见面。张敏仪，很风趣。金庸先生亦师亦友。

问：你最不喜欢的是什么？

答：我经常把不喜欢的变成喜欢。

问：什么是你最大的憾事？

答：已经忘记。

问：你想怎么样死去？

答：油枯灯灭，悲欣交集，像弘一法师。

问：你的人生目的是什么？

答：吃吃喝喝。

问：你的座右铭是什么？

答：做，机会五十对五十；不做，机会等于零。

关于烦恼

问：我看你整天笑嘻嘻的，你到底有没有烦恼？

答：哈哈哈哈。（干笑四声）

问：我怎么没看到你写关于自己的烦恼的文章？

答：我想自己基本上是一个很喜欢娱乐别人的人，干了半辈子的电影，多少也是一种娱乐事业。喜欢娱乐别人的人，怎会把自己的烦恼告诉人家？

问：哭也是一种娱乐呀。

答：你去做好了。

问：我们年轻人怎么克服烦恼呢？

答：没的克服，只有与它共存。

问：怎么共存？

答：一切烦恼，总会过去的。我们小时候的烦恼是会不会被家长责骂；大了一点儿，担心老师追功课；青春期为失恋痛苦；出来做事，怕被炒鱿鱼……但是，这一切不都已经过了吗？一过，我们就觉得当时的烦恼很愚蠢、很可笑。我们活在一个刷卡的年代，为什么不透支快乐？既然知道一过就好笑，我们不如先笑个饱算数。

问：这不是阿Q精神吗？

答：什么叫阿Q精神，你还弄不懂，你想说的是逃避心理吧？逃避有什么不好？逃避如果可以解决困扰，尽管逃避，有些事情，避它一避，过后它们会自动解决。

问：说得容易，做起来难哇！

答：这我知道，但是说比不说好，想比不想好。

问：你难道没痛苦过吗？

答：痛苦分两种，精神上的和肉体上的。精神上的痛苦是想出来的；不想，痛苦就没了。肉体上的痛苦才是真正的痛苦。人家砍你一刀，你一定会痛苦；女朋友走了，你认为还有新的，就不痛苦。肉体上的痛苦好解决呀！你拼命吞必理痛（Panadol）就是。你别听人家说吃多了对身体有害。痛苦是不需要忍受的。你把必理痛拿来当花生吃就是。

问：一个人在什么情形下才产生烦恼？

答：个人看得开的话，烦恼不出在自己身上，是出在你周围的人身上。喜欢的人，在不知不觉之中，完全变成另一个人，而你自己又改变不了对方的想法，烦恼就产生了。

问：我们年轻人怎么解决？

答：没的解决。一、离开这个人；二、强忍痛苦。都是看你爱对方爱得有多深。其实，烦恼也都是自己想出来的。因为你二者都想要，或者二者都做不了。烦恼就来了。

问：宗教信仰能不能帮你解决？

答：那才叫作逃避。

问：我们年轻人，分不开，也不懂。

答：你别整天把“我们年轻人”挂在口中，我们也年轻过。年轻时分不出什么是烦恼，什么是一定要活下去。年轻人享受体验烦恼的感觉，就像辛弃疾所说：“为赋新词强说愁。”大家都有过这一阶段，醒悟得早、醒悟得慢，要看一个人的悟性了。

问：活下去那么重要吗？

答：有时，是一种无奈。

问：那是天生的呀！

答：我也承认这一点，所以愈来愈相信宿命论，遗传基因决定一切。物以类聚，让他们相处在一起，互相享受好了。我们遇到不同的人，要避开。

问：避不了呢？

答：又要回到爱得有多深、忍与不忍的问题了。

问：（懊恼）说来说去，还不是没说得好。

答：有一种办法，叫作自得其乐。

问：怎么自得其乐？

答：做学问呀！

问：对于普通人，你怎么要求他们去做学问？

答：我所谓学问，并不深。种花、养鸟、饲金鱼。简简单单的乐趣，都是学问。看你研究得深不深，热忱有多少，做到忘我的程度，一切烦恼就消失了。你已经躲进自己的世界，别人干扰不了你。

问：做买卖算不算是学问？

答：学问可大着呢。研究名种马的出身也是一门学问。

问：我什么都不会，也没有兴趣，怎么办？

答：看漫画有兴趣吧？

问：有。

答：什么漫画都看就好了。中国的连环画，日本的暴力书，英国式的幽默漫画。等你都看遍了，就是漫画专家。你别说没有烦恼，还可以靠它赚钱呢。

问：我明白了，所以你又拍电影，又写作，又学书法和篆刻，又卖茶，又开餐厅，你的烦恼，一定很多。

答：…………

关于婚姻

问：谈谈你对婚姻的看法。

答：没有人比英国作家王尔德讲得更好：男人结婚，因为他们疲劳了；女人结婚，因为她们好奇。二者都令人失望。哈哈哈哈。

问：女人总是想嫁人的，要是嫁不出去怎么办？

答：因为大家都结婚，这些人没有嫁过，所以想嫁，就是王尔德所讲的好奇了。当今社会嫁不出去的女人很多，她们不是第一个，甚至不结婚、不生儿育女，现在也相当流行，没什么了不起的。不嫁就不嫁嘛。女人为什么要为了一个愚蠢的制度而烦恼？

问：那为什么还有那么多人赶去结婚，为什么他们要结婚，为什么他们会结婚？

答：一时冲昏了头脑。他们爱到浓时，只想和这个人二十四小时长相厮守，大家就结婚了。他们要是能保持清醒，当然不会糊里糊涂地走进教堂。

问：你相信离婚这一回事吗？

答：不相信。

问：不相信？

答：不相信。因为这是一种承诺，我不相信答应过的事儿不遵守的。现在已没有指腹为婚的事儿了。你结婚，因为你爱过，没有人用枪指着你的头逼你。

问：但是人总会变的呀！

答：不错，所以结了婚就要期待对方的转变，去适应对方，或者让对方适应你。如果改变到大家都成为一个不同的人，那么你已经不是对这个人做过了承诺，可以离婚。离婚有种种理由，最直接又最爽快的是不能容忍的意见分歧。如果有自由的婚姻制度，那么就应该接受这一单纯的理由，别再拖泥带水，折磨他们。一二三，就那么简简单单地让两个永远痛苦的人分开好了。

问：子女呢？

答：问得好，最应该考虑的是下一代，为了他们而勉强在一起，甚是无奈。但也是要接受的事实。所以我劝愈了对婚姻制度没有信心的人，即使结了婚，也不要生孩子。

问：到底有没有完美的婚姻？

答：有的。我父母就是一个例子，他们真是白头偕老。看到许多老夫老妻手牵手散步的情景，我心中便涌起了一阵阵的温暖。他们在一起，并不是婚姻的制度，是一对老伴，也许其中有很多无可奈何的意见分歧，但始终接受对方的缺点，彼此爱护和关怀，多过一切。

问：我问了你那么多关于婚姻的事儿，还没问过你本人结了婚没有？

答：结过。在法律上。

关于道德和原则

问：你是不是一个很守道德的人？

答：哪一个年代的道德？

问：你这句话是什么意思？

答：什么叫新？什么叫旧？

答：从前的女子，丈夫先走了，守寡是美德。现在的女人，老公死了，你看她孤苦伶仃，就叫她再去找一个，要是你活在旧时代，你是一个劝人败坏道德的人。

问：那么婚外情呢？

答：更是笑话了，在二十世纪七八十年以前，我祖父那一代，一见到人才不问“你吃饱了没有”这么寒酸的问题。那时候，大家一见面就问：“你有多少个姨太太？什么？才一个？”那才是真寒酸了。你如果遵守以前的道德水平，有四个老婆也行；现在如果你有四个老婆，你就死定了。

问：那么女人的婚外情呢？

答：从前要浸猪笼，现在没事。男女平等，男的被许可的话，女的也应该没罪。只要不让对方知道就是了。

问：社会风俗的败坏呢？

答：你一个人的力量，能改变整个社会吗？

问：至少要守好自己的本分呀。

答：说得对。管他人干什么？

问：离婚后的子女问题呢？

答：我们的社会，愈来愈像美国，在美国，一个班的同学之中，只有你的父母不离婚，才受歧视。

问：孝顺父母呢？

答：啊，你问到重点了。但是，这不是道德的问题，这是原则，供养你长大的人，你孝顺他们，是不是应该的？不必回答吧！

问：做人，是不是应该有原则的？

答：道德水平已经不可靠了。只有原则，是个不变的目标，是的，做人应该有原则。

问：原则会不会因为时间而改变？

答：不会。

问：你算是一个很有原则的人吗？

答：我算是一个很有原则的人。

问：你有什么原则？

答：孝顺不在话下，我很守时。

问：别人不守时呢？

答：那是他的事儿。

问：约了人，你老等，不生气吗？

答：我不在乎等人，所以约会多数是约在办公室，像你这次的访问迟到了，我可以做别的事儿。

问：如果约在咖啡室呢？

答：那要看等什么人了。美女的话，我可以多等一会儿。

问：对人好，是不是原则？

答：是的，先对人好。人家对你不好，就原谅他，但是，也要远离他。

问：遵守原则，会不会处处吃亏？

答：吃亏。也要看你怎么看吃亏。不当成吃亏，就不吃亏了，要放弃原则很容易。我父亲教我的一些原则，我都死守着，像对人要有礼貌，像借了东西要还，像别无缘无故骚扰人家，像……

问：你答应过的事儿，一定要做到？原则上，你是不是一个守信用的人？

答：我是。有时承诺过的事儿现在做不到，但是会一直挂在心上，等有机会，就完成它。

问：婚姻是不是一种承诺？

答：是的。所以我不赞成离婚。当年自己答应过对方，不应该后悔。除非对方已经完全变了一个人。对于这个陌生人，你没有承诺过任何事儿。

问：你说过原则是不会变的！

答：原则没有变，是人在变。

问：你这么说，等于没有原则嘛。

答：曾经有位长者，做事情因为对方变而自己变，我问他：“你做人到底有没有原则？”

问：他怎么回答你？

答：他说：“没有原则就是我的原则。”

关于做生意

问：你又卖茶，又卖酱料，算不算是一个生意人？

答：基本上，人人都是一个生意人。

问：你这话是怎么说？

答：凡事牵涉钱，就是生意。

问：作家和艺术家，就不是生意人。

答：作家卖稿，艺术家卖字、卖画、卖雕塑，也是生意人。我的篆刻老师冯康侯先生，生前告诉过我，他开书画展，和过年在维园开档子卖花差不多。他说有时来个买家，还要向他解释这是精心作品，和这种水仙有多香，道理完全相同。

问：做生意有乐趣吗？

答：（笑）赚到钱就有。

问：为什么古人那么不喜欢生意人？

答：历史靠文字记载，写东西的人多数赚不到钱，所以看到富有的商人就眼红，骂他们俗气了。其实生意人也有些很有学问，像“扬州八怪”受重视，完全是因为盐商买他们的字画吹捧而引起的。

问：你从前为什么没有做过什么小买卖？

答：我从前在大电影公司做事，对做生意不感兴趣。因为薪水很高，高到我认为不是工资不出头，有很多做生意的朋友叫我投资，我都付之一笑。第一，我受书本影响，认为做生意不是很清高；第二，我小时候常听到长辈说，做了生意，会被人吃掉，所以对做生意有点儿戒心；第三，也是最大原因，是我不会，做生意，是一门很高深的学问。

问：你后来为什么做了？

答：我完全是为了茶。

问：茶？

答：我有一个上司的朋友，开了一间新派茶行，知道我会喝茶，就叫我去给意见。我说卖的龙井、铁观音之类的，都是别人的东西，要有一种自己的茶，才是品位。

问：什么是自己的茶？

答：这个人也这么问。我说味道和做法与别人不一样的，就是自己的。举一个例子，中国台湾人喝普洱，因为是全发酵，放久了，有股霉味，加玫瑰花就可以解掉，普洱本身消脂肪，就喷上解酒的药，又好喝，又有功效，就可以当作是自己的茶。

问：你这方法不错，后来呢？

答：后来这个开茶行的人认为这个主意太贱了。我气起来，就自己做了当成商品卖，结果开始了我的生意生涯。

问：你赚到钱了吗？

答：不赚钱，我怎么会想做其他生意？

问：那么，从前劝你投资的朋友有没有笑你？

答：他们当然笑我。做了生意之后，我对“生意”这两个字有了新的解释，我说生意者，生之意识也。活生生的主意，多么厉害？

问：那么奸商呢？

答：做生意不是用枪指着你的。商者，商量也，愿者上钩，和你商量之后才“奸”你的。

问：中国香港的社会，都崇拜商人，你认为是好现象吗？

答：大家崇拜的都是成功的商人。那些失败的，为什么不借鉴？资本主义社会之中，人人都在做生意。打的战，也是经济战，不伤人命，比较文明。崇拜商人，没什么不好，欣赏他们的，定是层次较高的人。

问：你认为中国香港成功的商人，值得我们学习吗？

答：我们可以学习他们的奋斗精神，但是不应该学习他们的生活方式。海外的成功商人，在致富的过程之中，也得到了文化的熏陶，所以纽约很多犹太商人，家里都有些名画，或者他们也会搞一些环保活动。中国香港的，最多是比较游艇多少英尺，私人飞机、直升机也舍不得买。

问：当今做一个成功的商人，有什么走向？

答：最流行的是捐钱了。西方由比尔·盖茨带头，捐了很多。中国香港的邵（逸夫）爵士捐得比比尔·盖茨早，有二十多亿。美国人对过去商人的评价是：安德鲁·卡内基一生捐建很多歌剧院、图书馆、音乐厅等文化场所，值得后人尊敬，而有的商人一毛不拔，虽然身家几百亿，也让后人看不起。金钱反正是带不走的，不如捐掉。

问：你会把钱捐出来吗？

答：等我赚多一些。大家都这么说，不过我想自己一定会。

问：你算是一个成功的商人吗？

答：不算。我也永远做不了。成功的商人，在过程中会做些出卖同伴的事情，是什么，只有他们自己知道。我下不了手，所以做不了成功的商人。

问：那你还做来干什么？

答：做来证明自己的想法没有错呀！

问：那你失败了怎么办？

答：我所做的投资，都是自己的经济许可的数目，不会伤到老本，我这个年龄，已超过了冒险的阶段，年轻人可以试试看，我不能试，我一定要看准，虽然这么说，还是看得不准的例子比较多。

问：这简直不是在做生意嘛。

答：讲得对，我不是在做生意，是在玩生意。

关于和尚袋

问：你为什么老是背着这个黄色的袋，在电视节目中也常看到，到底是什么袋?

答：和尚袋，这一问题最多人问了。

问：和宗教有关的吗？你是佛教徒吗?

答：我希望自己是一个佛教徒，但是我的欲念太深，做不了佛教徒。所谓“欲”，并不完全代表性欲，也包括了食欲、贪欲和人性的种种缺点。这些缺点或者也能说是本能吧。

问：买的?

答：和尚送的。这一问题我已经回答了很多次。其实你所问的一切我都回答很多次，而且在自己写的小品文中已经提过。报纸的专栏后来也编成书，如果你看过我的书，那么关于我的事情都写了，你还要听吗？我不想给读者留一个印象，好像老是重复自己。

问：愿闻其详。

答：好吧。再次重播。很多年前，由吴宇森导演、我监制的一部电影，在泰国的森林拍摄。你知道啦，我们中国香港片子开机时总有一个仪式，买只烧猪，拜拜神。

问：泰国森林中也有烧猪卖吗？

答：没有，泰国是一个佛教色彩很浓厚的国家，森林中没有烧猪，但是有很多庙。我托当地工作人员，从庙里请来了一位声望最高的僧人来主持开机仪式。我到场一看，是个很清瘦的长者，他念完经，撒过圣水，对我说："礼成。你还有什么愿望？我一定可以为你实现！"

问：那你要求些什么？

答：片子是公司的，花钱请和尚也是公司，我当然不会为自己要求些什么。我想了一想，这部电影全靠外景。一下雨，拍摄就泡汤了。所以我向那高僧说："那么请你保佑我们每天是晴天，不下雨。"

问：和尚怎么说？

答：他回答道："一点儿问题也没有，从明天开始就不会下雨，你们尽管放心工作吧。"

问：灵吗？

答：唉，哪知我隔日出发之前就是倾盆大雨，而且一下就接连下了整整八天，每天下二十四个小时。

问：那你怎么办？

答：怎么办？我在那没有冷气的小酒店里愈想愈感到闷气，就跑到庙里，找高僧麻烦，跟他说："喂，和尚，怎么说话不算话？你说过不会下雨的！"

问：那和尚怎么回答？

答：他神情安详，样子像佛，微笑着说："孩子，这场雨不是为了拍电影而下，是为了农夫们而下的。"

问：那你怎么说？

答：我还有什么话好说？佩服得五体投地、甘拜下风，于是双手合十，深深地向老人家鞠一个躬退下。

问：后来呢？

答：后来我们做了朋友，因为他会讲潮州话，我们能沟通，我一有人生的疑问就去请教他，见面多了，知道他虽然是和尚，但爱抽雪茄，又喜欢喝茶，时常买这些礼物去奉送。他觉得不好意思，就回送我和尚袋，说是熏过香、念过经的。

问：你一直用到现在？

答：怎么可能。它脏死了，要常洗的，像换衣服一样换。我有很多和尚袋，除了这种黄色的，还有蓝色、灰色、红色和褐色的。如果下次有新的旅行电视节目，我就会拿来衬西装，家父去世时，我还请朋友为我做了几个黑的。

问：通常人家问你，你都会这么长篇大论地回答他们的问题吗？

答：当然不会，我只是简单地说，你不觉得比你拿的袋子轻吗？女人问的话，我会指着她们的背包说：也比这个背包轻，你说是不是？

问：和尚袋中，你装的是什么东西？

答：大哥大电话。我对这个名称很反感，如果是大哥，那么就有马仔为你提电话了，何必自己拿？所以我一定把大哥大电话藏在袋里。

问：还有呢？

答：还有银包哇，零钱哇，信用卡哇，草纸哇，电子记事簿哇！

问：有没有一瓶酒？

答：从前喝得多，的确放过一瓶半瓶的，现在少喝了，只有几包香烟、一个打火机、一个小型收音机，我喜欢听电台节目。还有一个最轻便的相机，买过Minox（密诺斯）间谍机，但嫌菲林冲洗不方便。傻瓜机也用过，最后还是发现即影即弃的塑胶机最轻、最方便。

问：相机随身携带，你用来干什么？

答：我有时到餐厅去，见菜单写在墙上的，就拍下来，省得一样样抄下来。

问：还有呢?

答：没有了。不过有时遇到有幽默感的女人问这种问题，我就会说，还有一个小袋呀，随时可以用。这年头这种事儿不是闹着玩的，名副其实地袋中有袋嘛。

问：在什么地方可以买到这种和尚袋?

答：在泰国。中国香港的话，我顺便打个广告，可以到蔡记杂货店去找。

问：颜色都是黄色那么鲜艳的吗?

答：我这个特别一点儿，布料是泰丝织的，亮得厉害。不是每一个人都背得起，需要很大的自信心。不然人家会当你神经病，我是痴痴的人，不怕。

关于出版

问：是否可以谈谈你出版过的书？

答：哈哈哈，做访问时，很少人提到这方面去，我是最乐意谈论和回答的。

问：你一共出版过多少本书？

答：没去算过，一百本吧。

问：哇，那么多！

答：几十年写了下来，集呀集呀，就变成那么多了，我自己也感到惊讶。

问：你第一本书是在什么时候出版的？书名叫什么？

答：我忘记了，几十年前吧。书名叫《蔡澜的缘》。

问：你为什么取了那么一个名字？

答：我最初在《东方日报》的副刊《龙门阵》写专栏，栏名叫《缘》，聚集了那些方块，出了书，就叫那个名字。

问：这些书是天地图书出版社出版的吗？

答：我的书，大多是天地出版的。第一本却是由博益出版。后来绝了版，他们不再印了，我讨了回来，交给天地重印。

问：你每本书出多少版？能赚多少钱？

答：有的好几版，有的几十版，不一定。至于说到能赚多少钱，中国香港书籍的版税是少得可怜的，根本和付出的努力不成正比，所以我们这些所谓作家，要靠报纸或杂志的专栏先赚一笔，书再赚少少的，不然心理得不到平衡，作家会发疯的。

问：要是在欧美或日本出那么多书，版税一世都吃不完。

答：是呀。从前我有个上司，每次经过我的书架，都酸溜溜地那么说，以为我是利用工作时间写作，其实我是牺牲了自己的睡眠时间。我回他说，在美国吃不完；在新加坡或泰国，要自费才出得了书；要是在当年的柬埔寨，就要被拉去杀戮战场了。在中国香港只能赚一点点，算是福气。

问：你的书，书名多数是四个字，像《雾里看花》《浅斟低唱》等，和书的内容有关系的吗？

答：完全没有关系，只取意境。

问：有没有不喜欢的？

答：有一本书叫《花开花落》，意在纪念父亲。有一本竟然交到我哥哥的手上，他晚年很喜欢看我的书，在病榻上抓了这一本，过些日子就去世了，让我感到特别心痛。

问：书上的题字都是由令尊写的？

答：最初的是，家父过世后，我从他的手稿中集字为题，后来的是自己写了，但也用他的名字。封面绘图照样是苏美璐画的，比内容精彩。

问：内容全部是小品文吗？

答：也不是。有两三本是小说，像《吐金鱼的人》和《追踪十三妹》。

问：为什么《追踪十三妹》没有续集？

答：没时间写，我希望有一天少了每天写专栏的重担。再继续写，写的是一个时代，人物来来去去都围绕着十三妹。

问：《追踪十三妹》有很多性爱描写，有必要吗？

答：十三妹是个真人，我花了七年工夫才搜集了资料写的。我认为有了性爱，她才是活生生的人。

问：那本《觉后禅》呢？

答：是李渔的《肉蒲团》改写的，本来要拍成电影，拍不成，就写成白话文的版本。天地图书出版社是一家正经的出版社，后来他们换了一家出版社出版。

问：这些书能在内地出版吗？

答：我见过盗版的。很多书都有盗版，最初的粗糙了一点儿，后来愈做愈精美，据说很畅销。如果没有盗版，我也可以捞好大的一笔。

问：现在呢？

答：现在已有正版了，反而没那么好卖。

问：在《亚洲周刊》中有个书籍流行榜，你的书在新加坡都曾经榜上有名，为什么马来西亚反而没卖？

答：我寄去新加坡的书，也只不过那几百本，榜上有名算得了什么？马来西亚的盗版很猖狂，我连书也懒得寄去。如果正版好好开发，我倒有一笔收入。盗版印得最好的一本叫《荤笑话老头》，缩小成口袋书，精美得不得了。询问之下，原来是一个和尚翻印，我想找他说声谢谢，他以为我要找他麻烦，逃之夭夭了。

问：你不介意人家盗版吗？

答：我介意也介意不来，怎么追讨？如果模仿是一种恭维，盗版也当成恭维好了。我懊恼的是中国香港的中央图书馆也引进了盗版书，但推说是供应商的错。我发了律师信，供应商怕了起来，他们原来是官方机构，后来托人来讲和，说会替我出版，但也不了了之。

问：书店卖你的书，你有什么要求吗？

答：我曾经要求出版得最多的天地社，在他们的湾仔门市部中给我一个专柜，像“亦舒专柜”“李碧华专柜”等，让要找我的书的人一下子能看到，把书编起号码，一卖完就补印。但是负责人刘文良答应了半天，始终没做到。现在他人都去世了，看样子没法子完成我这一心愿。

问：那么你也会一直写，一直出书吗？

答：有一天，我疲倦了，就不写了，不写哪有书出？全世界的读者都是一样，作者活着的话，就不觉得珍贵。作者还是预先宣告死亡，也许书能卖得更多。哈哈哈哈。

关于写作

问：谈过关于你对人生的一些看法，你本身是个作家，还没问过你写作的事情，是什么时候开始写的？

答：我和你一样，都是在念小学的时候，老师叫我们从作文开始写的。

问：你正经一点儿好不好？

答：我讲这句话，是有目的的。等一会儿再转回来谈。如果你是问我从什么时候开始赚稿费，那是在中学。我投稿到一家报馆，发表了。得到甜头之后陆续写，后来靠稿费带女同学出去玩。

问：从那时候写到现在？

答：不。中间去外国留学就停了，后来我为事业奔波，除了写信，没动过笔。四十岁时工作不如意，我才开始写专栏。

问：是谁最先请你写的？

答：周石先生。那时候《东方日报》好像由他一个人负责，包括那版叫《龙门阵》的副刊。周石先生很会发掘新作者，常请人吃饭，私人聊天中听到对方在饭局上说故事说得精彩，就鼓励他们写东西，我是其中一个。

问：后来你也在《明报》的副刊写过？

答：是，我有一个专栏，叫《草草不工》，用到现在。

问：《草草不工》不像一般专栏的栏名，为什么叫《草草不工》？

答：草草不工，不工整呀！带谦虚的意思。当年我向冯康侯老师学书法和篆刻，他写了一个印稿给我学刻，就是“草草不工”这四个字，我很喜欢。这方印，在报纸上也能用上。

问：那时候的《明报》副刊人才济济，很不容易挤得进去，是怎么让你在那里发表的？

答：我在《龙门阵》上写，有点儿成绩，才够胆请倪匡兄推荐给金庸先生。当年金庸先生很重视这一版副刊，作者都要他亲自挑选，结果他观察了一轮我的文章之后，才点头。后来做过读者调查，老总潘粤生先生亲自透露，说看我东西的人最多，算是对金庸先生有个交代。

问：怎么写，才可以写得突出？

答：要和别人有点儿不同。当时的专栏，作者多数讲些身边琐碎杂文，我就专门讲故事，或者描写人物，或者谈谈旅游。每天一篇，都有完整的结构。几位写得久的作者说我写得还好。问题在于耐不耐久，他们没想到我刚开始就有备而来的。

问：这句话怎么说？

答：停了写作那几十年之中，我不断地与家父通信，大小事情都告诉他，至少一星期一两封。我也一直写信给住在新加坡的一位长辈兼老朋友曾希邦先生。写了专栏，我请他们二位把我从前写过的信寄过来，整箱整箱地寄，等于是翻日记，重看一次，题材就取之不尽了。

问：你的文章中，最后一句时常令读者出乎意外，这是刻意安排的吗？

答：刻意的。我年轻时很喜欢看欧·亨利的文章，多多少少受他的影响，爱上了他写作技巧中对终局的Twist（转折）。周石先生说那是一颗“棺材钉”，钉上之后文章就结束了。

问：怎么来那么多“棺材钉”？

答：一篇文章的结构，跳不出起、承、转、合这四个步骤，但是不一定要依这一顺序去写，把“转”放在最后，不就变成“棺材钉”了吗？

问：要经过什么基本训练的吗？

答：基本功很重要。画画要做素描的基本功，写字要做临帖的基本功。

问：什么是写作的基本功？

答：看书。像做电影的人，不看电影怎么行？写作人基本上是一个勤于读书的人。他们需要从小就爱看书，若是从小不爱文学，最好去做会计师。

问：你是从看什么书开始的？

答：我小时候看连环图；大一点儿看经典，像《三国演义》《水浒传》《西游记》《红楼梦》等，都非看不可；中学时代是做人一生之中最能吸收书本知识的时候，什么书都生吞活剥，只有在那个年代，你才有耐性把长篇的《约翰·克里斯朵夫》《战争与和平》《基督山伯爵》等看完。我像一个发育中的小孩儿，怎么吃都吃不饱。经过那段时期，我就很难接触到那么厚的书了，当然，除了金庸先生的武侠小说。

问：我也经历过那段时期，也想当一个专栏作家，你认为有可能吗？

答：啊，现在可以回到刚才所说的，做学生时，你和我都写过作文。我认为会走路的人就会跳舞，会举笔的人就会写文章。你想当作家？当然可能，不过跳舞的话，跳步总得学，写作也要练习。光讲，是没有用的；你想当作家，就先要拼命写、写、写。发表不发表，是写后的事情。为了发表而写，层次总是低一点儿。不写也得看，每天喊着很忙、很忙，看来看去只是报纸或杂志，视线都狭窄了。眼高手低不要紧，至少好过连眼都不高。半桶水也不要紧，好过没有水。当今读者对写作人的要求不高，半桶水也能生存，我就是一个例子。

问：你为什么不用粤语写作？

答：我也想尝试，但是我的广东话不灵光。中国香港有许多用粤语写作的文人，因为他们是以粤语思考。我写东西，脑子里面讲的是普通话，所以只懂得用这方法写作，而且，我觉得普通话能够接触到某一种方言以外的读者。写东西的人，内心都希望多一点儿人能够看到。

问：所以人家说你的文字简洁，就是这个道理？

答：只答中一半。我选用的文字，尽量简单，像你和我在聊天，没有理由用太多繁复的字眼。当今的华文水平愈来愈低，有些人还说金庸先生的作品是古文呢。（笑）我文字简单，也是想多一点儿人看得懂。至于说到那个“洁”字，我是受了明朝小品文的影响，那一代的作家，短短的几百个字就能写出人一生的故事。我很喜欢。但对于赚稿费，一点儿帮助也没有。（笑）

问：你的文章看了好像信手拈来，是不是写得很快？

答：一点儿也不快。一篇七百字的文章，我要花一两个钟头。写完重看一遍，改。放了一个晚上，第二天再看、再改，这是我父亲教我的写作习惯。至于题材，我则时时刻刻地思考，想到一个，就储起来，做梦也在想，现在和你谈天，也在想。

问：你一共出了多少本书？

答：我已经不去算了，反正天天写，七百字的短文一年可以集成三本左右，一星期两千字的，一年集成两本。写餐厅批评八百字的，一年也是两本。

问：这些都是发表过的文章？没有为了出版一本书而写的吗？

答：先在报纸和周刊上赚一笔稿费再说，中文书的销路实在有限，单单出书得不到平衡。

问：为什么你讲来讲去，都讲到钱？

答：为理想而不顾钱的阶段，在我人生中也有过，但是不多。不过钱多一个零、少一个零对日常生活也没什么改变，钱只是一种别人对自己的肯定，我是俗人，需要这份肯定。

问：要是在美国或日本的话，你的版税一定高得不得了。

答：我从前在电影公司做事，一位上司也跟我这么说。我回答说当然不得了，但是如果我生活在泰国，谁会找我出中文书？要是我在柬埔寨写作，早就被送到杀戮战场。做人，始终是比上不足，比下有余，知足常乐。

问：我听说你的稿费很多，到底有多少？

答：唉，年老神衰，我写不了那么多。对付那些前来邀请的新办杂志编辑，我只有吹牛说人家付我每年一百万港币，你给得起的话，再说吧！

问：你的稿费就算再高，研究纯文学的那些人也从来看不起你，他们一向提都不提你。

答：（嬉皮笑脸）不要紧。

问：你有没有想过自己的文章能不能留世？

答：倪匡兄也遇到一位所谓创作纯文学，或者叫严肃文学的作者。她说："倪匡，你的书不能留世，我的书能够留世。"倪匡听了笑嘻嘻地说："是的，我的书不能留世，你的书能够留世。你留给你儿子，你儿子留给你孙子，就此而已。"倪匡兄又说："严肃文学，就是没有人看的文学。"

问：哈哈哈。他真绝。

答：能不能留世，根本就不重要，最重要的是保持一份真，有了这份真，就能接触到读者的心灵。倪匡兄说过，我就是靠这份真吃饭，吃了很多年。

问：你难道一点儿使命感也没有吗？

答：有了使命感，文字一定很沉重，和我的个性格格不入。

问：你的文章中有很多游戏，又有很多歪曲事实的理论，不怕教坏青少年吗？

答：哈哈哈，要是靠我一两篇乱写的东西就能影响青少年，那么教育制度就完全崩溃，每天花那么多小时读的书，都教不好他们的判断力，多失败！

问：你写的多数是小品文，为什么不尝试小说？

答：我也写过一本叫《追踪十三妹》的小说呀。

问：我看过，还没写完。

答：我会继续写的，都是用第一人称，新书只说一个新人物，也认识十三妹这位二十世纪六十年代的专栏作家。多写几本，也是把每一个人物都串联起来，我这一生，只会写这一辑小说。

问：什么时候才写？

答：等我停下来。

问：你停得下来吗？

答：（呆了一阵儿）大概停不下来吧。

问：对于写作，你可以做一个结论吗？

答：记得十多年前有本杂志，叫什么读书人的，请了金庸先生亲笔写几个字，他老人家录了钱昌照老先生的《论文》诗，诗曰：

文章留待别人看，
晦涩冗长读亦难。
简要清通四字诀，
先求平易后波澜。

关于旅行

问：你说自己已经不会回答重复的问题了，我记得你还没有说过旅行，我们聊聊这一方面好吗？

答：一讲起旅行，许多人都会问我：“你有什么地方没去过？”真可叹。我没去过的地方多矣！每次坐飞机，我都喜欢读机内杂志。各国航空地图对国内航线的地图画得最清楚，我看到那些密密麻麻的小镇名字，就知道自己多活三辈子，也肯定走不完的。

问：你最喜欢的是哪一个国家？

答：这也是最多人问的问题之一，和问我最喜欢吃什么地方的菜一样。我的答案非常例牌，总是说最喜欢吃的菜，是和好朋友一起吃的菜。最喜欢的国家，是有好朋友的国家。这并非敷衍，事实也是如此，每一个国家都有它的好处和缺点，很难以一个“最”字来评定。

问：最讨厌的国家呢？

答：最讨厌那些海关人员给我嘴脸看的国家。老子来花钱，为什么要看你那些不瞅不鸟的嘴脸？你是官，管自己的人民好了。我是客，至少要求自己的尊严。

问：那么，下一次你就不会再去？

答：不。会再去。每一个国家的人，都有好有坏，不能一棍子打沉一条船。

问：像前南斯拉夫那种穷乡僻壤，你也住过一年，为什么不选欧洲更好的国家住？

答：那是为了工作，不得不住那么久，但是我也爱上你所谓的穷乡僻壤。住一个地方，愈住愈讨厌是消极的。发现她更多的好处也是另一种想法。所以我常说，天堂是你自己找出来的，地狱也是你自己挖出来的。

问：你怎样找？

答：从食物着手是一个好的开始，有很多你没吃过的东西，有很多你没尝过的煮法，观察他们的生活方式，研究他们的历史等，都是空谈。最好的办法，是和当地女人交朋友。

问：要是东西不好吃，女人难看呢？你是不是可以举一个实例来说明？

答：我到尼泊尔去，就能学习对颜色的看法。尼泊尔一切都是灰灰黄黄的，当地人也觉得单调，染出来织布的绳线颜色非常鲜艳和大胆，色彩冲撞得厉害，也不觉得不调和，这对于我画画很有帮助。

问：你从旅行中还能学到什么东西？

答：学到谦虚和不贪心，我最爱重复的有两个故事：一个是我在印度山上，当地女人整天烧鸡给我吃，我问她：“有没有吃过鱼？”她说：“什么是鱼？”我画了一条给她看，说：“你没吃过鱼，真是可惜。”她回答说：“我没吃过鱼，有什么可惜？”另外一个故事是发生在西班牙的小岛上。一早出来散步，遇到一个老嬉皮在钓鱼，地中海清澈见底，我看到他面前的鱼群很小尾，在另一边的很大，我跟他说：“喂，老头，那边的鱼大，去那边钓吧。”你知道他怎么回答？他说：“我钓的只是早餐。”

问：你去完一个地方，回来可以做些什么？

答：最好是以各种方式把旅行的经验记录下来，能写文字的人写出来就好了。或者画画，不然用相机拍，总是要留些回忆，储存起来在老的时候用。忘得一干二净的话，以后坐在摇椅上，两只眼睛空空地望着前面，什么美好东西都想不起，是很可悲的。

问：你是不是一定要住最好的，吃最好的？

答：旅行分层次，年轻时拼命旅行，你任何条件都不在乎。就算头顶上没有一片瓦，背袋当枕头你也能照睡。经济条件得到改善，你便要求吃得更好、住得更好，这是必然的。但是当你有了高级享受，就失去了刺激和冲动。每一个层次都有它的好处和缺点，不过一有机会便要即刻动身，不能等。

问：你对于目的地的选择呢？

答：我没去过的地方，哪里都好。可从到新界开始，再发展到中国澳门、新马泰，要避免去假地方。

问：什么叫假地方？

答：像日本九州的豪斯登堡，很多中国香港人去，我就觉得乏味。它是一个假荷兰，说是一切依足建筑，但是走进大堂，我就看到“出口”“入口”的牌子，还有“非常口”呢。荷兰人哪会用汉字？真正的荷兰，也不过是十二个小时的直飞距离。世界已小，不能浪费在假地方上。

问：你到一个地方去，事前要花什么功夫？

答：你可以买所有的参考书来看，详细研究地理、历史文化，去的时候遇到当地人，对他们的国家有所了解，是一份尊敬，他们会更乐意做你的朋友，要是研究了最后去不成，也等于去过了。

问：不过也有句古语说，“行万里路胜过读万卷书”哇！

答：不对，读书还是最好的。读得愈多，人生的层次愈高，这是金庸先生教我的。他写小说的时候没去过北京，但书中的描述比住在当地的人所知晓的更详细、清楚。只要资料做足就是。高阳先生写的历史小说中，很多地方他也都没去过。日本有几本极畅销的外国旅游书，作者从不露面，新闻界追踪，最后在一个乡下找到，原来他是一个从来没踏出过日本本土一步的土佬。

问：有很多地方我也想去，但是考虑了很久，还是去不成，怎么办？

答：想走就走，放下一切，世界不会因为没有了你而不运转的。说走就走，你没胆，我借给你。

关于照片

问：你主持过一些电视节目，有没有人要求和你拍照片？

答：有些认出我的人，等了好久才鼓起勇气，问我可不可以和他们拍一张照片，我总是说："我正在担心你会不会这么问呢。"

问：你有耐性吗？

答：有。不过有些人也实在要求多多，拍了一张又一张，贪得无厌时，我会借故走开。通常拍完一张之后，他们总会说再来一张的，我做个顺水人情，没等他们开口，先说："补一张保险吧。"

问：你在和人拍照片时有什么苦与乐？

答：乐事是遇到一对夫妇，他们有五个兄弟姐妹。他们老是说："你站在中间。"你知道的，中国人迷信：拍照片时站在中间的人会死掉。如果这种迷信是真的，我不知道死了多少回。苦中作乐，我看到拿相机的人总是强闭着一只眼睛，嘴巴也跟着歪了，表情滑稽，就笑了出来。

问：你的眼睛不花吗？

答：花。有时一群人围过来，先拍张团体照，又一个个要单独照，眼前闪光灯亮个不停，留下黑点，弄得头晕，是常事，也习惯了。

问：什么情形之下，你会觉得不耐烦？

答：又换角度，又对焦，左等右等就有点儿烦，他们比相机还要傻瓜。

问：你会不会不耐烦到讨厌的程度？

答：我一般都不会。有时出现个非亲非故的生人，一下子就来个老友状，勾肩搭背，如果对方是个大美人，又另当别论，否则我真想把他们推开。最恐怖的是有些大男人还要抓你的手，一捏手汗淋淋，我又没有断袖之癖，真有点儿恶心。

问：但是你总得付出代价的呀！

答：你说得不错。不过如果能照成龙的主意就太好了，成龙说最好是弄个箱子，要求合照就捐五块、十块，给联合国儿童基金会，他老人家收获一定不错，我就做不了什么大生意，最好是把箱子里的钱偷去买糖吃。

问：我们记者来做访问，通常都带个摄影师来拍几张，你不介意吧？

答：摄影师大多数要求“把手放在栏杆上”或者“双腿交叉着站”等，我都很听话，有时还建议“要不要我把一张椅子放在面前，一脚踏上去，手架在腿上，托着下巴”这种姿势，二十世纪三四十年代最为流行。

问：哈哈哈，你也照做？

答：我只是说着玩的，他们真的那么要求，我就逃之夭夭。

（这时候摄影师走过来，跟我说："请等一等，我把背后的那盆花搬开。"）

答：我说一个故事给你听。从前我在邵氏制片厂工作，有一位叫张彻的导演，当摄影师要求道具工人把主角背后的东西搬来搬去时，张彻一定会对摄影师说："你看到背景是什么的时候，一定看不到主角脸上的表情。"

问：哈哈哈，杂志和报纸上登出来的照片，你满意吗？

答：我没什么满意不满意的。不管摄影师拍得好不好，回到编辑室，老编总是选那几张最难看的，他们在这一方面特别有"才华"。

问：你珍不珍惜报道你的文章和照片？

答：我不太去注意。有些人不同，他们一生没什么机会见报，所以特别重视。又有些人给水银灯一照，即刻上瘾，非制造些新闻出来不可，这是一种病，他们本人并不觉察，还拼命向记者说把名和利看得很淡，不爱出风头。其实他们一早就去买报纸和杂志，翻了又翻，看到照片小了一点儿，就伤心得要命。真是可怜！我才不会那么蠢——我知道有时一群记者围着你拍照，隔天一张也不登出来是常事。

问：你觉得还是低调一点儿比较好？

答：我也不介意以高姿态出现。我干的是娱乐人家的事业嘛，要避也避不了，假惺惺干什么。有些人口口声声说低调，结果杂志登出来的照片都是摆了pose（姿势）的，连他们的家里和办公室都拍出来，从家具和陈设看来，品位奇低。

问：对狗仔队，你有什么看法？

答：是一种职业。外国老早就有了，不是我们发明的。说是狗仔队跟踪，哪有那么巧？拍出来的照片大多数像是事先安排的，被拍的人心中有数，天下也没那么好的望远镜头，狗仔队跟踪的人怎么会毫不知情？如果他连这一点都意识不到，那么丑事被拍下也是活该。

问：狗仔队会不会跟踪你？

答：我总是事先声明："寡人有疾，寡人好色。"就算搞什么绯闻，编辑老爷看到了狗仔队拍出来的照片，往纸篓一丢，骂道："理所当然的事儿，有什么好拍的？"

问：那你一点儿也不怕狗仔队？

答：怕。

问：你怕什么？

答：我怕从麦当劳快餐店走出来被拍照。一世功名，毁于一旦。谁说我不怕？

关于电影

问：你做电影，做了多少年？

答：我从十八岁做到五十八岁，四十年。

问：我很少听你谈到电影的事，为什么？

答：我对电影，已感到十分疲倦，连谈也不想去谈了，这次说完，今后再不提及。

问：你的岗位是监制，有哪一部电影最满意？

答：没有。

问：没有？

答：电影是一种集体的创作，不能把你喜欢的那一部占为己有。

问：你拍的都是商业电影的缘故？

答：商业片才是电影的主流，没有什么好羞耻的，年轻人总有点儿抱负，说要拍一部万古流芳的片子，这种思想很正确，但不容易做到，我承认自己就做不到。

问：你说自己已经对电影感到厌倦，那你还看电影吗？

答：看。不看不舒服，凡是不太差劲的，我都看。我想自己是中国香港人之中看电影看得较多的人之一。我父亲也是从事电影行业的，我从小住在一家戏院的楼上，一探头出来就看到银幕，有记忆开始，我一直看着电影，长大了更加狂热，逃学也去看。有时我一天赶五场。有了录像带之后，我看得更多。人生之中，平均一天看一部，算五十五年吧，来个三百六十五天，也看了两万多部。

问：你都记得吗？

答：像人生一样，从前的记得清楚，近来的隔天就忘记了。但是杰出的都应该记得。邵逸夫爵士问我关于电影的事，只要他说出某些剧情，我都能记得片名，他称我是“一本电影字典”。

问：你替邵逸夫做事做了多少年？

答：二十年。他是一位最好的老师，我很尊重他，而且，如果说天下看电影看得最多的人，应该是邵爵士，他已经一百岁了，还不断地看，一天的平均部数也比我多，如果我看了两万部，他至少看了八万部吧。我从来没有遇见一位比他更热爱电影的人。有一天我们一起看试片，从新加坡来电话，报告他儿子被匪徒绑架，他也坚持把那部片子看完再做打算。

问：哈哈哈，你们还有什么趣事？

答：还有一次也是我们一起看试片，邵氏影城的后山每年到了秋天总有山火。那一回山火很大，快烧到宿舍了。有人打电话来报告。邵爵士问我要不要回去收拾一下行李，我回答说行李已经随时收拾好，看完再说。邵爵士笑骂："你在暗示些什么？"

问：你后来怎么没在邵氏做下去？

答：邵爵士很有远见，把娱乐事业转向电视，电影减产。我学到的是工厂式的大量生产，只会这一种方法，就向老人家提出离开，邵爵士还送了我一笔巨款，在当年是蛮吓人的数目。

问：那你马上转到嘉禾？

答：也不是，我一方面不想刺激老人家，另一方面认为在温室中长大，应该出去搏杀一番。我到独立制片公司做了一两年，拍了一些叫《烈火青春》《等待黎明》等片子之后才进嘉禾的。嘉禾的何冠昌先生从前也是邵氏的老同事，与我亦师亦友。我到嘉禾去，是理所当然的。重要的决定，多是他中午去吃饭时顺道送我回家，在短短的十分钟左右谈完一切，从不啰啰唆唆开什么会。

问：《烈火青春》是不是叶童、夏文汐、张国荣等主演的那一部？

答：你的记性真好。描写年轻人嘛，戏中有很大胆的性爱描写。司徒华当年在教育界中誓死要禁播这部片子，我到现在还对他印象不好。

问：还是回到最初的问题，你是怎么进入电影界的？

答：念完高中之后，我本来对绘画很有兴趣，想去巴黎学画，但我母亲知道我从小嗜酒，要是去了法国一定会成为酒鬼，说法国不行，选其他地方吧！当年是日本电影的黄金时间，什么石原裕次郎、小林旭的片子看起来都很新、很刺激。我就说不如去日本学电影吧，母亲说日本也好，至少吃的同样是白米饭，但是她不知道日本有一种叫sake的清酒。

问：你后来就到日本去了？

答：嗯，先要把日语学好，我将石原裕次郎主演的一部叫《红之翼》的片子一看就看了五十遍，当年没有录像带，买了面包在戏院里啃，一天看五六场同样的戏。日本戏院是全日制，只要你不走出来，就可以一直看下去。我看了五十次之后，日本话脱口而出，发音还来得奇准。

问：你有没有正式进过学校？

答：有。叫日本大学艺术学部电影科，校址在池袋附近的江古田，当年是“野鸡”大学，给一笔所谓寄附金就能进去；现在已经成为名校，每年好几万人争学位。要进这所大学，难如登天。学校教的是学术性的东西，训练学生做艺术家，学生都想成为沟口健二和黑泽明，和现实生活的电影界完全格格不入，我没有在学校学过什么有用的东西。

问：你从什么时候开始真正拍电影？

答：我在学校时已经半工半读，邵爵士在日本的业务很多，需要一个人做驻日代表，就叫我这个嘴边无毛的小子上了。我当年胆子大，上就上吧！我负责冲洗的工作，当时中国香港还没有彩色黑房，每部中国香港电影印得好不好，都要从头到尾看一遍，十个拷贝版本看十遍，二十个看二十遍，中国香港电影给我摸得滚瓜烂熟，又买日本片的东南亚版权。

问：你从什么时候开始搞制作工作?

答：制作工作需要认识电影的每一个环节，之前我做过道具、木工、副导演、摄影助理，对电影拍摄涉及的每一个部门都很清楚，这样才不会被专业人才欺负。要不然摄影师说色温不够就不拍了，你还会以为明天要多带一点儿色温卡到片场呢。

问：你做这些琐碎的事，有什么成就感?

答：我的成就感来自达到导演的要求。像导演要个骷髅头，用发泡胶做的道具一点儿也不像，导演发脾气，我们做制作的拼了老命也要让明天有东西拍，后来连夜跑到山中找骷髅头，还洗刷得发亮，才交给导演，导演当然满足，我们也满足。

问：你后来怎么走上监制这条路?

答：最初是中国香港电影来日本拍外景，我负责搞定日本的部分，像张彻导演拍的《金燕子》和《飞刀手》等；后来熟悉了，我向邵爵士说，在中国香港拍一部电影要四五十个工作日，日本只要二十个工作日就能完成，不如在日本拍，他说好哇，就开始了。从中国香港派来四五个演员，其他都用日本人，拍了一部叫《裸尸痕》的，是将《郎心如铁》的故事改为鬼片，死去的女友跑回来复仇，又有一点儿像现代版的《四谷怪谈》。陈厚当男主角，丁红演情人，丁佩演富家女，王侠演侦探，王侠是歌手王杰的父亲，当年王杰还没出生，你说有多久了？

问：电影带给你最大的乐趣是什么？

答：电影是梦工厂，最大的乐趣是实现你的梦。像我来中国香港，赶不上石塘咀的花样年代，就监制了一部叫《群莺乱舞》的戏，用关之琳、刘嘉玲、利智、王小凤等一群美女，穿上当年的旗袍走来走去。导演区丁平很考究细节，布景搭得逼真，来一桌当年的菜，我自己就客串了一出喝花酒的戏，真是十分过瘾。电影对我来说，是一个巨大的“玩具”，但不是人人都玩得起的玩具。

问：后来你怎么当上成龙片子的监制？

答：成龙当年受到黑社会的威胁，何冠昌先生要找人把他带出中国香港，还有谁对外国的认识比我更深？他就找我做这件事。他问我要去哪里？我一想就想到巴塞罗那，那里是四位我最喜欢的艺术家的诞生地：画家毕加索、米罗、达利和建筑家高迪。于是我们即刻上路，剧本还没有头绪，也不知要拍些什么，去了再说。结果我们在西班牙住了一年，工作之余好好研究艺术家的作品，不亦乐乎。这部叫《快餐车》的戏，前几天还在电视上重播，我再看一遍，也不觉得过时，女主角罗拉·芳娜（Lola Forner）很美，是我选的。我们交情很深，每年都交换圣诞卡，我一直叫她小公主，她一直叫我马里奥大哥。

问：电影带给你很多旅行的机会吗？

答：从新加坡、马来西亚、泰国、日本、韩国，到美国、欧洲和澳大利亚，每个地方我都能住上几个月，和一般游客感受到的不同。到了当地，工作人员总是让我们看风景最优美的地方，跑遍许多普通人不去的角落，辛苦是辛苦，但和走马观花完全两样。

问：你把拍摄工作描述得那么迷人，应该继续拍下去才对呀，什么时候开始对电影感到疲倦？

答：我很早就说过，翻版录像带并不可怕，因为一部电影两个小时，一翻也要翻两个钟头，但是如果有一天，像印报纸那么印法，就没有救了，现在的翻版VCD、DVD不就是这样？中国香港电影业辛辛苦苦建立，就被翻版打倒了。再加上知音何冠昌先生逝世，我就决定不玩下去了。

问：你不后悔一生之中，没有拍过一部得奖的艺术片？

答：我一点儿也不后悔。我发现拍那些没有什么人看的艺术片，很对不起出钱的老板。我对艺术的良心，不如对投资者的良心那么重要。而且，要建立个人风格，需要牺牲很多人，我不忍心，那是我已经做了电影工作四十年以后的事。到现在，我才知道原来我以为最喜爱的事，却是我最不喜欢的。我已经说过，电影是一种团体的创作，功劳属于大家，拍一部电影需要巨大的资金，不像画画，只需要一张画布，你失败是你个人的事，不牵涉其他人。

问：所以你开始写作？

答：你说得对。写东西的稿纸谈不上花钱。我用的这张还是天地图书出版社印来送给我的，完全免费。如果说我还不能创造出个人风格，那就应该打屁股了，我一生做错了一件花了四十年才知道是错的事，现在才开始做我真正喜欢的。想想，也不迟呀，为旅行而工作的话，我不如自己组建旅行社好了。

关于电视节目

问：你真人看起来比电视上瘦，是不是减肥成功？

答：绝对不是，荧光幕是一个凸出来的东西，拍起来总比本人胖，所以那些骨瘦如柴的女演员，看起来就正常得多。

问：你一共做了多少个电视节目？

答：三个。最初的那个叫《今夜不设防》，我和倪匡、黄霑一起。那是十多年前的事儿了。

问：《今夜不设防》做了几辑？

答：一辑十三个星期播送，一共做了两辑，二十六次。

问：现在重播《今夜不设防》，当年你看起来很瘦。

答：那不是我，是我的儿子。（笑）

问：这个节目是怎么构思出来的？

答：当年倪匡常请黄霑和我去夜总会，三个人玩得好高兴，那些陪酒的女人都笑得七颠八倒。倪匡兄请了几次，我们当然要回请他。一付钱，我们才知道一晚要花一万至两万港币，肉痛死了。酒又不是最好，女人多数很丑，还要我们讲笑话给她们听！我们不甘心，不如把构思卖给电视台，黄霑拍胸口去讲，一谈即合，变成清谈节目。酒是Martell[①]和Otard[②]赞助的XO，漂亮女明星当嘉宾，我们照常讲笑，还有钱拿。每次出粮，我们都心中有愧。

问：倪匡的广东话，真难听懂。

答：他的思想比言语快，所以像机关枪那样“突突突”，再标准的广东话也没人听得懂，弄得有时要打字幕。黄霑和我常笑他，说有人找他拍法国电视节目。他说我不懂法文，谁听得懂？黄霑和我说：“反正你的广东话也没人能听懂，做法国节目就做法国节目吧！”（笑）不过，我听惯了，还是听得懂的。

问：你们怎么能在节目中又吸烟，又喝酒？

答：当年相关部门监管得比较松，节目又在深夜播出，所以放肆了一点儿。BBC曾经派一个外景队来拍摄我们的节目，说是全世界最自由奔放的。

问：节目到底是现场直播还是后来剪辑的？

答：当然是后来剪的，有些内容大胆得令人难以置信。我们又粗口满天飞，直播还得了？通常录像要录两个小时，第一个小时是

---

① Martell：马爹利，是法国一个干邑白兰地品牌。

② Otard：法国一个干邑白兰地品牌。

热身运动，第二个小时才进入戏内，用的多数是后半段。

问：到第二个小时，你们是不是都喝醉了？

答：嗯。(笑)

问：你们三人，到底哪一个的酒量最好？

答：倪匡是第一，我第二，黄霑最差。他喝醉了喜欢脱衣服，有一次现场表演，脱得只剩内衣裤，胖嘟嘟的，全身通红，很可爱，像红孩儿。

问：你们三人能喝多少？

答：嘉宾喝的不算，我们三人在二十分钟内，绝对干得了一瓶白兰地，一晚录像下来，喝两瓶半是常事。

问：现在你们的酒量还行吗？

答：不行了，我只喝一点儿啤酒和红酒；黄霑不能沾，他有痛风。你知道什么叫痛风吗？喝了酒，风一吹来，脚都会剧痛，叫痛风。倪匡也不喝了，不过我去三藩市找他时，高兴起来，也干了一瓶墨西哥特其拉。

问：嘉宾的谈话，怎么那么开放？

答：因为是录像，我们答应她们，事后给她们看，要是她们觉得太过分，可以删剪。但是，录完之后，她们都说："不必再看了。"像有一集和惠英红谈天，她说："大家都知道我不是处女。"说完，她当场觉得不太好，要求我们剪掉，但是后来老酒喝了两杯，她说："算了算了，剪什么。"

问：怎么嘉宾上你们的节目，都穿得性感？是不是你们指使的？

答：我们绝对不那么无聊。说来也奇怪，大家都自动地穿得少一点儿，林青霞也是，钟楚红也是。

问：谁的话题最有趣，谁的话题最闷？

答：成龙话最多，他一共上了两次，每次都是他讲，我们三人没份儿，他的娱乐性高。我们不出声也已经是一个好节目。张国荣的谈话也很坦白，刘培基也是。如果大家仔细听，就可以听到他们的心声。利智问什么也问不出什么来，周润发也是，都很懂得保护自己。最过瘾的是王小凤，她也上了两次。

问：你有没有印象最深的一期？

答：是叶子楣那期。我们做过一集叫《金装今夜不设防》，以一私家游泳池做背景，当晚她穿了一件全新的晚礼服，我们三人喝醉了把她投进游泳池里面，全身湿透。她也没有动怒，笑嘻嘻地把节目做好，当时我们已经知道她一定会红透半边天。

问：最后一个问题，你可不可以坦白地透露当年你们拿多少片酬？

答：到我这个年纪，不说真话不舒服。当年我们每人已经每一集拿六万港币，日本最红的艺人听到了，近日元一百万，大家都哇哇大叫，他们只拿二十万日元罢了。不过，嘉宾是我们自己掏腰包送礼，有时送两万给他们。

问：你在《蔡澜人生真好玩》那一辑中，有个环节是你自己表演烧菜，你到底是不是真的会煮几道菜？

答：我在《饮食男女》杂志每周一次的示范，你还可以说我叫别人烧的，拍几张照片来骗人，但是电视节目从头到尾都是我亲自做，怀疑我的能力做什么？

问：那个厨房是不是你的家？

答：布景。我的厨房没那么豪华。

问：嘉宾有时也烧菜，哪一个最好？

答：陈小春。他学过厨艺，炒的菜心是整棵上的，是厨房佬的手法。普通家庭炒菜心，一定折断或切开了才下锅的。

问：在第三辑的《蔡澜叹世界》中，你去哪里找到那么多好吃的东西？做这节目有没有压力？

答：压力一定有的，我是怕做得不好。环境和人为的因素，预期的东西表演时做不到，就要随机应变了。但往往把我想破了头。像有一集，到了鸵鸟园，有什么好拍的？炒炒鸵鸟蛋？外国饮食片集中都出现过，怎么办？前一晚一夜睡不着。忽然，头上的灯当的一声亮了。有了，到了现场，我用鸵鸟蛋来做茶叶蛋，那么大的一个茶叶蛋，观众就会看得哇哇叫，一个节目中有一两个“哇”，就成功了。和拍电影一样。

问：皇帝蟹的吃法也是你想出来的？

答：是。皇帝蟹很大，斩块来焗姜葱，就没有什么看头。我本来想整只蒸，和主持人李珊珊另加四位港姐，一起吃六只那么大的皇帝蟹，谁看了都就会哇的一声。但是皇帝蟹很贵，因为预算有限，只给我两只。我又想破了头，结果把一只的壳拆空了，当成锅，注入矿泉水下面烧火，等滚透了，再把另一只的肉打成蟹丸，用来打边炉，看起来就豪华奢侈，观众又会哇的一声。有预算时，就以本伤人，像把很大只的鲍鱼拿来当串烧三兄弟，或者几十只龙虾弄成沙爹一样烤，才有看头。

问：节目中，你老兄带一群美女，羡慕死人，观众看你有的吃、有的玩，到底你玩不玩？

答：食物和美女，永远是两个不败的因素。我一生做的是娱乐事业，美女看得多，也是人呀。如果你开一家杂货店，难道每一颗糖都打开来试一试不成？好在我做电影做了四十年，没有绯闻，记录良好，不然谁敢跟我？

问：你和那么多女人在一起，有没有麻烦？

答：没有，互相尊重就是，不过我要忍受的是听她们讲对方的坏话。

问：嘉宾是你自己选的？

答：有一些，但大多数是电视台安排。

问：有没有意外的惊喜？

答：惊喜没有，意外倒有。她们不在镜头前出现时喜欢以真面目示人。有几位在机场才见面，她们伸出手来自我介绍，我是某……我差点儿冲口而出：你是某某人的保姆哇！好在我收口收得快，不然会闯祸。

问：资料搜集是谁做的？

答：通常是自己做，多数地方我去过，列一名单先叫助手和导演、摄影师去探路，再看一遍，把资料传真回来，我再做增减，才去拍摄。太古旅游的Janet Li也帮了不少忙，她现在负责tom.com的网上旅游。

问：你和工作人员有没有摩擦？

答：工作起来，摩擦避免不了。有些资料收集员写了很幼稚的对白让我说，我把稿子丢掉，伤了他们的心，于是他们联合起来给电视台打我的小报告，我也一笑置之，大部分的资料收集员还是好的。

问：两个女主持，你对她们的印象如何？

答：李绮虹有观众缘，说广东话带点儿鬼腔，反而更得人心。李珊珊很努力把节目做好，她本来是个素食者，做了我的拍档后大鱼大肉，连生东西也往嘴里吞，我像教女儿一样把人生哲学说给她听，她也虚心学习。

问：那么多的嘉宾之中，你认为谁是大美人？

答：个个都是，不然怎么上得了我的节目？关之琳美得令男人自惭形秽，李嘉欣也是，拍北海道那一集时还自掏腰包请了私人化妆师和发型师。说到女人，陈妙瑛不上镜时常被一帮男工作人员围着。郭羡妮也带着这股味道。

问：你认为这些旅游特辑中有没有缺点？

答：有。在欢乐中少了淡淡的哀愁，那是旅行中人常有的一份寂寞感。

问：问你一句题外话。为什么你老在文章中自问自答？

答：这都是综合了看完节目后大多数人的问题，作一解答。还有，我今后会将丰富的资料做一个网站。网站的特点是即问即答，不然单薄的内容和迟久不复，会令上网的人看了一次就再也不浏览了。从来没人问的问题，我立即回答。问过的问题，就可以由帮手从资料中抽出来回应，我又能赚稿费，一举数得，何乐而不为？

关于食家

问：你能不能准确地告诉我，今年多少岁了？

答：我又不是要隐瞒年龄的老女人，为什么不能说？我生于一九四一年八月十八日，属蛇，狮子座，够不够准确？

问：血型呢？

答：酒喝得多，XO型。哈哈。

问：你最喜欢喝什么酒？

答：我年轻时喝威士忌；来了中国香港跟大家喝白兰地，当年非常流行；现在只喝点儿啤酒。其实我的酒量已经不大了。我最喜欢的酒，是和朋友一起喝的酒，什么酒都没问题。

问：红酒呢？

答：学问太高深，我不懂，只知道不太酸、容易下喉的就是好酒，喜欢的有澳洲红气泡酒，没试过的人很看轻它，但的确不错。

问：你整天脸红红的，是不是一起床就喝？

答：那是形象差的关系。我也不知道为什么整天脸红，现在人家一遇到我就问是不是血压高。从前，这叫红光满面，已经很少人记得有这一回事。

问：什么是喝酒的快乐，什么是酒品，什么是境界？

答：喝到飘飘然、语喃喃，就是快乐事儿。不醉酒、不头晕、不作呕、不扰人、不喧哗、不强迫人喝酒、不干杯、不猜拳、不唱卡拉OK、不重复话题，这“十不”，是酒品。喝到要止即止，是境界。

问：你是什么时候成为食家的？

答：我对这个“家”字有点儿反感，我宁愿把自己叫作一个人——写作人、电影人。对于吃，不能叫“吃人”，勉强叫作好食者吧。我爱尝试新东西，包括食物。我已经吃了几十年了，对于吃应该有点儿研究，最初和倪匡兄一起在周刊上写关于吃的文章，后来他老人家嫌烦，不干了。我自己那个栏目便独立起来，叫《未能食素》，批评中国香港的餐厅。我一写就几年，读者就叫我所谓食家了。

问：你为什么取《未能食素》那么怪的一个栏目名？

答：“未能食素”就是想吃肉。有些人还搞乱了叫成“未能素食”，其实和斋菜一点儿关系也没有，这题目代表我的欲望还是很重，心还是不清。

问：天下美味都让你试过了？

答：这一问题就像人家问我什么地方你没去过一样。我每次搭飞机时都喜欢看航空公司杂志后页的地图，那么多的城市、那么多的小镇，我再花十辈子，也去不完。

问：一个人要具备什么条件，才能成为食家？

答：要成为一个好吃的人，先要有好奇心。什么都试，所以我老婆常说要杀死我很容易，在我尝试过的东西里面下毒就好了。要做食评人，先别让人家请客。自己掏腰包，才能保持公正。尽量说真话，虽然这样不容易做到。同情分还是有的，对好朋友开的食肆，多赞美几句，无伤大雅，别太离谱就是。

问：做食家是不是自己一定要懂得煮菜？

答：你又家家声了①。做一个好吃者、食评人，自己会烧菜是一个很重要的条件。我读过很多影评人的文章，他们对电影制作根本一窍不通，写出来的东西就不够分量。专家的烹调过程看得多了，还学不会，怎么有资格批评别人？

问：什么是你一生中吃过的最好的菜？

答：和喝酒一样，我和好朋友一起吃的菜，都是好菜。

---

① 粤语中表示调侃的语气。

问：你对食物的要求一点儿也不挑剔吗？

答：我和朋友，什么都吃。自己烧的话，可以多下一点儿功夫。做人千万别刻薄，煮一餐好饭，也可以消除寂寞。我年轻时才不知愁滋味地大叫寂寞，现在我没有时间去寂寞。

问：做人的目的，只是吃吃喝喝吗？

答：是。我大半生一直研究人生的意义，答案还是吃吃喝喝。

问：你就那么简单、那么基本？

答：是。简单和基本最美丽，读了很多哲学家和大文豪的传记，他们的人生结论也只是吃吃喝喝，我没他们那么伟大，照抄总可以吧。

关于吃

问：你为什么对吃那么有兴趣，从什么时候开始的？

答：凡是好奇心重的人，对任何事物都有兴趣。吃，是基本嘛。大概是从吃奶时开始吧。

问：你小时候是喝母乳，还是喝奶粉？

答：吃糊。

问：糊？

答：我生下来的时期刚好在打仗，母亲营养不够，没有奶。家里虽然有位奶妈，但是只够喂姐姐和哥哥的。战乱时哪里买得到什么Klim[①]？只有一罐罐的米碎，用滚水一冲，就变成糨糊状的东西，我是吃它长大的。我还记得Klim商标上有一只蝴蝶，这大概是我人生中第一次有记忆。

---

① 一种婴儿奶粉。

问：你提的Klim是什么？

答：当年有名的奶粉，现在还可以找到。名字取得很好，把牛奶的英文字母翻过来用。

问：会吃东西之后，你最喜欢吃些什么？

答：我小时候很偏食，肥猪肉当然怕怕，对鸡也没多大兴趣。回想起来，是豆芽吧，我对豆芽百食不厌，一大口一大口地塞进嘴里，家父说我的食态像担草入城门。

问：你自己会烧菜吗？

答：不会。

问：电视上看过你动手，你不会烧菜？

答：不，不会烧菜，只会创作。No, I don't cook, I create（笑）。

问：请你回答问题正经一点儿。

答：我妈妈和我奶妈都是烹饪高手，我在厨房看看罢了。到了外国，自己一个人生活，想起她们怎么煮，实验，失败，再实验，就那么学会的。

问：你自己第一次动手做的是什么菜？

答：红烧猪蹄。当年在日本，猪蹄是要被扔掉的，我向肉贩讨了几只，买了一口大锅，把猪蹄放进去，加酱油和糖，煮个一小时，香喷喷地上桌。家里没有冰柜，刚好是冬天，我把吃剩的那锅东西放在窗外，隔天还有肉冻吃。

问：最容易烧的是什么菜？

答：龙虾。

问：龙虾当早餐？

答：是的。我星期天一大早起身，到街市买一只大龙虾，先把头卸下，斩成两半，在炉上铺张锡纸，把龙虾放在上面，撒些盐慢火烤。用剪刀把肉取出来，直接划几刀再横切成薄片，扔进冰水中，即卷成花朵状。剁碎辣椒、中国芹菜和冬菇，按红、绿、黑色摆放在中间当花心，倒壶底酱油点山葵生吃。虾壳和虾脚加豆腐、芥菜和两片姜去滚汤。这时你已闻到虾头膏的香味，用茶匙吃虾脑、刺身和汤。如果有瓶好香槟和贝多芬音乐陪伴，就接近完美。

问：前后要花多少时间？

答：快的话半小时，但可以慢慢地做。做菜是消除寂寞最好的方法。一个人吃东西的时候，千万别太刻薄自己，做餐好吃的东西享受，生命就充实。

问：你已经尝遍天下美食了吗？

答：不可以那么狂妄，要吃完全世界的东西，十辈子也不够。

问：哪一个都市的花样最多？

答：中国香港。别的地方最多给你吃一个月就都吃遍。在中国香港，你需要半年。

问：你嘴那么刁，不怕阎罗王拔你的舌头？

答：有一次我去吉隆坡，三位女士请我吃大排档，我为了回忆小时候吃的菜，叫了很多东西。我们吃不完，其中一位女士骂我：“你来世一定没有东西吃。”我摇头笑笑，说：“你们怎么不这么想，我的前生，是饿死的。”

问：谈到大排档，已经愈来愈少，东西也愈来愈不好吃了。

答：所以大家在呼吁保护濒临绝种动物时，我大叫不如保护濒临绝种的菜式，这比较实在。

问：你什么时候开始写食经？

答：从专栏《未能食素》开始。

问：未能食素？你不喜欢斋菜？

答：未能食素，还是想吃荤东西的意思，代表我的欲望很强，达不到彼岸的平静。

问：写对餐厅的批评，要什么条件？

答：把自己的感想老实地记录下来就是。公正一点儿，别被人请客就一定要说好的方面。有一次，我吃完了，甜品碟下有个红包，打开来看，是五千大洋（这里指港币）。

问：你收了没有？

答：我想，要是拿了，下次别家餐厅给我四千九百九十块，我也会开口大骂的。

问：我很少读到你骂大排档式的食肆的文章。

答：小店里，人家刻苦经营，试过不好吃的话，最多别写。大集团就不同了，哼哼。

问：你描写食物时，怎会让人看得流口水？

答：很简单，我写稿写到天亮，最后一篇才写食经。那时候我腹饥如鸣，写什么都觉得好吃。

关于点心

问：你到北京，会觉得北方的食物相对而言更粗糙吗？

答：每一个地方都有每一个地方的特色，关键是人接受的文化熏陶，我们从小就看老舍的文章，所以我一到北京来就可以马上接受豆汁、卤煮这些东西。但是如果你没有了解过这些东西，你就不能接受，所以这些都是文化。

问：但周作人也说过，北京以前是有不少好吃的点心，但是到了他那个时候，北京好吃的点心就变得很少了。

答：其实北京以前是有不少好吃的点心，但是他说的点心跟广东人印象中的点心又不同，他说的是宫廷小吃。所以说“点心”这两个字到底要不要规定是广东点心还是别的什么点心呢？我觉得可以把点心理解为一种自由奔放的小吃，那可能会更好一点儿。北京的点心为什么会消失呢？就是因为宫廷点心现在太不亲民了。广东的小吃之所以能够做得好，正是因为它容易接触、容易变通，学习、制作也容易，所以才能够一代代地传下来。美食能够亲民是很重要的一件事儿。

问：我记得你在以前的文章里提到过，人变老了，就会宽容一点儿，那你认为舌头也会变得更宽容吗？

答：会宽容一点儿，但同时也变得固执了一点儿，不能接受新的事物。这是两方面的，所以不一定好，也不一定坏。

问：你去过的这么多城市里面，哪个城市的美食分别是你最喜欢和最不能接受的？

答：我很喜欢吉隆坡的美食。首先吉隆坡离新加坡很近，它是我第一个去游玩的城市，而且吉隆坡的东西我吃得很惯，它在任何的街头小吃我都很喜欢。最难接受的当然是欧洲，比如德国，还有就是北欧那边的食物。这些国家给我的感觉比较刻板，也很单调，比如说一块三明治，他们连两块吐司夹起来都不肯，就是一片，上面放上一些东西，想象力不丰富，所以很难创造出真正的美食，这种地方我不喜欢。但是去了这种地方，我也不能什么都不吃，只能吃完马上逃掉。

问：你每年过年是怎么过的？

答：我从十几岁就离开家了，一直在海外漂泊，所以一直没有什么过年的感觉和气氛，而且我不太喜欢别人来我家过年一起吃饭的那种感觉，所以过年对我来讲没有很大的意义。但是我也会过年，而且我发现不只是我一个人在海外，不只是我一个人性格孤僻，原来有一群人都是这样的。那我就想，不如组织一个旅行团，大家一起去吃全世界最好吃的东西，所以我之前说的旅行团就此产生了。这帮参加旅行团的人算起来已经认识了二三十年，我们还在一起吃，每次过年还在一起。

问：这么多年下来，你觉得旅行团的朋友更喜欢吃什么？

答：他们喜欢吃日本的东西，我也问过为什么，也不一定是因为日本的东西有多么好吃，他们认为日本的东西比较干净。我的这些朋友大部分都年纪蛮大了，他们虽然喜欢乱吃东西，但是不喜欢乱吃到生病，所以他们在日本吃东西就比较放心。但其中也有人很清楚自己为什么喜欢日本的食物。因为我在日本住过八年，所以我知道什么食物是最好的，而且同一样食物，哪一家店铺最好，哪一天去吃最好，我们都会讲究这些。

我觉得东京的米其林要是由我来评选的话，会比他们的那个版本更好。为什么东京有那么多米其林餐厅呢？因为以前日本饮食文化是这样的，人们喜欢坐在柜台前跟大师傅聊天，很亲近地面对面聊天，师傅也了解客人的喜好，所以这种沟通就成为吃日本菜的文化的一部分。但是以前外国人和这些师傅不可能聊天，后来这些大厨慢慢会讲几句英语了，外国人来了以后，大厨就能跟他们沟通。这些外国人听了以后马上觉得惊为天人，一点儿小事情都以为：哇！这个很厉害。你以为自己下了很多工夫，但是其实很多是理所当然的事情。

问：你有没有关注北京的米其林餐厅？

答：我其实不大看米其林，除非是我去法国、意大利旅行，会喜欢到米其林餐厅去，因为觉得这方面他们是专家。但是一离开那几个城市，我就不太关注了。

问：你觉得我们书写食物的时候应该更加主观还是客观呢？

答：书写要不主观的话就什么意思都没有了，就完了，我对食物的感情是绝对主观的。对于各种各样的食物，每个人会有不同的想法，这是一定的。

问：我在看你的书的时候很想问，你觉得人应该对食物保持一种什么样的态度?

答：人要保持饥饿的态度，你吃饱了以后对食物就根本没有兴趣了。我们到菜市场去逛也要饿的时候去逛，人一饱就没有那种对食物的欲望了；去烹饪的时候，去写作的时候，也不要让自己吃得太饱。

问：你最开始是怎么想到要开一家甜品店的?

答：最开始是因为王力加、李品熹夫妇找上我。他们参加过很多次我的旅行团，我对他们夫妇也有一定的认识。他们很努力，做事情很用心，人又正直，没有什么坏习惯，而且年轻有为，三十五岁的时候就开了二百多家店。当时我们就聊了聊，他们谈到我写的一篇关于越南河粉的文章，那是二〇〇一年我在周刊上写的《为了一碗牛肉河粉》。几十年前，我去越南旅行，第一次吃越南牛肉河粉，我说那种感觉就像“一场美妙的爱情达到了高潮”。但很可惜，这种平民美食后来在战火中失传了，我在越南再也吃不到好吃的河粉了。所以那之后，为了吃到一碗像样的牛河，我跑了很多城市。我后来意外地在墨尔本碰到一家名叫“勇记”的餐厅，又吃到了几十年前的那种味道。

他们对那篇文章的印象很深刻，然后希望也能够做一些这样的食物给大家。他们说现在的年轻人喜欢吃得清淡一点儿，不喜欢那么油腻的东西，我写的越南河粉就最适合。当时讲起来很容易，但实际做起来就难了。我们去那家河粉店学习了很多次，也花了大价钱让老板娘过来教导了很多次，但是始终没那么容易。复制一两家可能比较容易控制，但是继续扩充下去就很难了。万一弄不好的话，这个品牌不就等于作废了？毕竟我们投入的心思和金钱都不少。当时我们转念一想，不如就开家点心店吧？开点心店的话自己比较容易控制，我们也更有把握，当时几位师傅是一个好朋友介绍给我的。

决定开点心店以后，我本来想把第一家开在广州，后来又觉得不行。因为点心是广州人最早开始做的，我们在那边开点心店可能要给人家骂死了，后来就说不如在深圳，毕竟深圳外地人多，我们比较够胆试试看。然后我们就从深圳开始，开了一家、两家、三家，后来也慢慢开到广州去，看起来广州人也比较能接受。

问：我前不久去了深圳的蔡澜点心店，人不少啊。

答：这算是运气来了吧，我们的点心店确实是蛮受欢迎的。开餐厅是一定需要运气的。我们也尽自己的力量弄得最好，但是客人来不来也只有运气能够解释了。中国人很会用字，你说两个人为什么结婚呢？它是不可能解释清楚的，所以我们就说是两个人的缘分。客人也是一样。

问：当初把点心店开到北京的时候，你有没有担心过南北的口味差异呢？

答：这点我们倒没担心过。我们关注的是用料一定要好，价钱一定要够便宜，手艺我们自己可以掌握到，就不担心。虽然北京这边的成绩还不错，但是我们盘算了以后发现，其实它的利润还是非常低微的，我们做了这么多东西，做了这么多事情，利润还是很低。这和北京的高房租没有太大关系，最主要的还是我们喜欢用手工现做，定价又不高。利润虽然低，但我觉得也不要紧，只要不亏本就行。

问：你觉得港式点心和其他点心最大的区别在哪儿？

答：所谓“港式点心”，为什么要加上“港式”这两个字呢？点心最初是广东的，加上“港式”这两个字，意思就是点心可以做得比较自由奔放，可以乱来。所谓“港式点心”就等于是西班牙人的小吃，什么东西都可以做成点心。我们做港式点心就相当于把自己从传统点心的这一概念中解放出来，所以我们总是和我们的师傅说，放手去创作。

问：你个人喜欢哪些点心？

答：我自己百吃不厌的是牛奶冻，其次是马拉糕，白糖糕也喜欢。但是白糖糕不能说是我们的，我们是沾了光的，因为白糖糕我们怎么做都没有顺德人做得好吃。这很奇怪，白糖糕做起来看似简单，就是用白糖、面粉发酵，然后蒸出来，但是我们做出来的白糖糕就是没有那么好。因为每天的温度不同，发酵的过程就不同，所以很难掌握，这背后是门很深的学问。那你呢，你喜欢吃什么？

问：我喜欢陈皮红豆沙。

答：嗯，红豆沙制作起来比较容易，用好的陈皮，慢慢熬就可以了，在乡下还有些出产陈皮的地方，倒是比从前少了很多。我之前也写过陈皮，店里有整包的新陈皮，买回家放个三五十年，一定好，但人命有没有那么长就不得而知了。

关于茶

问：茶或咖啡，选一样，你选茶，还是咖啡？

答：茶。我对饮食非常忠心，不肯花精神研究咖啡。

问：你最喜欢什么茶？

答：普洱。

问：那么多种类，铁观音、龙井、香片，还有锡兰茶，为什么只选普洱？

答：龙井是绿茶，多喝伤胃；铁观音则是发酵到一半停止的茶，很香，只能小量欣赏才知味；普洱则是全发酵的，愈久愈好，冲得怎么浓都不要紧。我起身就有喝茶的习惯，睡前也喝。睡前喝别的茶反胃，有些妨碍睡眠，只有喝普洱没事，我喝得很浓，浓得像墨汁一样。我常自嘲说肚子内的墨汁不够。

问：喝普洱有益吗？

答：饮食方面，广东人最聪明，云南产普洱，但整个中国只有广东人爱喝，它的确能消除多余的脂肪，吃得饱胀，一杯下去，舒服无比。

问：那你自己为什么还要搞什么“暴暴茶”？

答：这个故事说起来话长。熟普洱因为是全发酵，有一股霉味儿，加上玫瑰干蕾就能辟去。我又参考了明代的处方，煎了解酒和消滞的草药喷上去，焙过，再喷，再焙，做出一种茶来克服暴饮暴食的坏习惯。起初是调配给自己喝，后来成龙常来我的办公室试饮，觉得很好喝。别人也来讨了，烦不胜烦。

问：你什么时候开始把它当成商品，又为什么有做茶生意的念头？

答：有一年的书展。书展中老是签名答谢读者没什么新意，我就学古人路边施茶，大量泡“暴暴茶”给来看书的人喝，主办方说人太多，不如卖吧。我说卖的话就违反施茶的初心。不过卖也好，捐给保良局。那一年两块钱一杯，一次就筹了八百块钱，我的头上仿佛当的一声亮了灯，就将它变成商品了。

问：为什么叫“暴暴茶”？

答：暴食暴饮也不怕呀！所以叫“暴暴茶”。

问：你不认为“暴暴茶”这个名字很暴戾吗？

答：起初用，因为它很响。你说得对，我会改的，也许改为“抱抱茶”吧。我喜欢抱人。

问：为什么你现在喝的是立顿茶包？

答：哈哈，那是我在欧洲生活时养成的习惯，那边的人除了英国，大家都只喝咖啡，没有好茶。随身带普洱又觉得烦，干脆买些茶包，要一杯滚水自己搞定。在日本工作时，他们的茶也稀得要命，我拿出三个茶包弄浓它，不加糖，当成中国茶来喝，喝久了上瘾，早晚喝普洱，中午喝立顿。

问：你本身是潮州人，不喝功夫茶吗？

答：喝。自己没有功夫，别人泡的我就喝。我喝茶喜欢用茶盅，家里有春、夏、秋、冬四个季节的茶盅。现在正是秋天，我用的是布满红叶的盅。

问：你喝茶的习惯是什么时候养成的？

答：从小。父亲有个好朋友，我们叫他统道叔。我到他家里一定有上等的铁观音喝。统道叔看我这个小鬼也爱喝苦涩的浓茶，很喜欢我，教我很多关于茶的知识。

问：令尊呢，喝不喝茶？

答：家父当然也爱喝，还来个洋腌尖，人住南洋，没有什么名泉，就叫我们四个儿女一早到花园去，各人拿了一个小瓷杯，在花朵上弹露水，好不容易才收集几杯拿去冲茶。炉子里面用的还是橄榄核烧成的炭，说这种炭，火力才够猛。

问：你喝不喝龙井或香片的？

答：我喝龙井，好的龙井的确引诱人。但我不喝香片。香片北方人才欣赏，那么多花，已经不是茶，所以只叫香片。

问：日本茶呢？

答：喝。日本茶中有一味叫“玉露”的，我最爱喝了。“玉露”不能用太滚的水来冲，先把热水放进一个叫Oyusame的盅中冷却一番，再把茶浸个两三分钟来喝，味很香浓，有点儿像在喝汤。

问：中国台湾茶呢？他们的茶道又如何？

答：中国台湾人那一套太造作了，我不喜欢。茶叶又卖得贵得要命，违反了喝茶的精神。

问：你喝过最贵的茶，是什么茶？

答：大红袍。我认识了些福建茶客，才发现他们真是不惜工本地喝茶。他们请我喝的茶叶，在拍卖中拍到十六万港币，而且只有两百克。

问：真的那么好喝吗？

答：的确好喝。但是叫我自己买，我是付不出那么高价钱。我在九龙城的茗香茶庄买的茶，都是中价货。像普洱，三百块一斤，一斤可以喝一个月，每天花十块钱喝茶，不算过分。一直喝太好的茶，我就不能随街坐下来喝普通的茶。人生减少了许多乐趣。茶是平民的饮品。我是平民，这一点，我一直没有忘记。

关于酒

问：你脸红红的，喝了酒吗？

答：没有哇。我天生就是这副模样，从前的人，见到我这种人，就恭喜我满面红光；当今，他们劈头一句：“你血压高。”哈哈哈。

问：你真的没有毛病？

答：一位干电影的朋友转了行，卖保险去，要求我帮他的忙——买一份。看在多年同事的分上，我答应了。人生第一次买，不知道像我这一年纪，要彻底地检查身体才能受保，验出来的结果，血压正常，也没有艾滋病。

问：胆固醇呢？

答：没有过高。我连尿酸也验过，好在不必自己口试，都没毛病。

问：你最喜欢喝的是哪一种酒？白兰地、威士忌、红酒、白酒？

答：爱喝酒的人，有酒精的酒都喜欢。我最爱喝的酒，是与朋友和家人一起喝的酒。

问：你整天脸红，是不是醒着的时间都喝？

答：让人家冤枉得多，就从早上喝起来，饮早茶时喝土炮孖蒸，难喝死了，但是虾饺、烧卖显得更好吃了。饮茶时喝孖蒸最好。

问：有些人要到晚上才喝，你有什么看法？

答：有一次倪匡兄去新加坡，我妈妈请他吃饭，拿出一瓶白兰地叫他喝，他说他白天不喝酒的。我妈妈说："现在巴黎是晚上，你不喝，我喝。"结果我们大家都喝了。

问：大白天喝酒，是不是很堕落？

答：能够一大早就喝酒的人，代表他已经是一个可以主宰自己时间的人，是个自由自在的人，是很幸福的。他不必担心为了上班，怕上司看到他喝酒而被炒鱿鱼。他也不必担心开会时遭受对方公司的人侧目。这一定是他争取回来的身份，他已付出了努力的代价，现在是收获期，人家是白日宣淫，这些人是"白日宣饮"，哈哈哈。白天喝酒，是因为他们想喝就喝，不是因为上了酒瘾才喝。怎么会是堕落？替他高兴还来不及呢。

问：你会不会追酒喝？

答：那是被迫喝酒的人才会做的事情。我是喝酒的人。

问：什么是喝酒的人？

答：喝够即止，是喝酒的人。

问：什么叫作“喝够即止”，你能做到吗？

答：这是意志力的问题。我的意志力很强，做得到喝到微醉，就不再喝了。

问：什么叫“醉”？请下定义。

答：是一种轻飘飘的感觉。有点儿兴奋，但不骚扰别人；话说多了，但不抢别人的话题；真情流露，略带豪气；十二万年无此乐，这叫作“醉”。

问：醉得有暴力倾向，醉得呕吐呢？

答：那不叫醉，叫昏迷。

问：你有没有昏迷的经验？

答：一次。数十年前我哥哥结婚，摆了二十围酒，客人来敬，我替大哥挡。结果失去知觉，醒来时，像电影的镜头，有两个脸俯视着我。原来我是被抬到新婚夫妇的床上，影响到他们的春宵，真丢脸。从此不再做这种傻事。

问：如果第二天醒来，你发现身旁睡着个裸女，不知道做了还是没有做，那应该怎么办？

答：再确定一次，不就行吗？哈哈哈。

问：你的老友倪匡已经不喝酒了，你还照喝那么多吗？

答：倪匡说人生什么事儿都有配额，他的配额用完了。我还好，还是照喝。我喝少了一点儿倒是真的。我不能接受有配额的说法，相信能小便就能做那件事儿，看看对方是什么人罢了。

问：现在流行喝红酒，你有什么看法？

答：太多人知道红酒的价钱，太少人知道红酒的价值。

问：我碰不了酒，很羡慕你们这些会喝酒的人，我要怎样才了解你们的欢乐？

答：享受自然醉。

问：什么叫自然醉？

答：热爱生命，对什么东西都好奇，拼命问。问得多了，了解了，脑中产生大量的吗啡，兴奋了，手舞足蹈了，那就是自然醉，不喝酒也行，又达到另一种境界。

关于烟

问：我自己不抽烟，也反对抽烟。抽烟损害健康。

答：立场不同，我抽烟。我并不认为不抽烟的人的健康会好到哪里去。

问：中国香港政府已于二〇〇七年一月起实施食肆全面禁烟。

答：食肆全面禁烟，从洛杉矶开始，是一种流行，像时装一样，大家都模仿。我想中国香港终有一日，连在家里抽烟也会被罚。中国香港餐厅刻苦经营，目前是有史以来最艰难的时期。大家都北上消费，禁烟后，食肆生意更受影响，又要付贵租。

问：你从几岁开始抽烟？

答：十二三岁吧。我上的是华侨中学，学校附近有个后山，休息时我和同学一起去树林里，你一根、我一根，就抽了起来。反叛的行为，是过瘾的。

一

问：你受谁影响？

答：我看到占士甸[1]冬天在纽约街头的一张黑白照片，他穿着麦哥大褛（防水厚呢大衣），偎缩着身，雨天之下也衔着一根烟，寂寞得厉害，就决定抽了。

问：你家人抽不抽烟？

答：我父母都吸烟。家父每天抽两包，抽到九十岁才过世的。家母抽到六十岁，有支气管炎，医生说烟或酒，要戒掉一种，她戒了烟。后来老人家照样喝酒，也活到九十八岁。也许我抽烟、喝酒都是遗传，不是我的错，我不知道我爷爷有什么其他的嗜好，也遗传了给我。

问：你抽哪一个牌子的香烟？

答：美国系统的，都可以。香烟分两种，英国系统的烟叶黄黄，像三个五等；内地人抽的多数是这一系统的。美国系统烟叶较黑，像万宝路等。

问：最初呢？

答：我最初偷我母亲的美国红印牌Lucky Strike抽，没有滤嘴的。后来我去了日本，抽便宜的Ikoi、Golden Bat等，连玻璃纸包装都节省的那几种。赚到钱后，我抽高级的德国烟“黄金盒子”，也抽法国的“吉卜赛人”，他们用的是土耳其的烟叶，别人闻起来臭

---

① 即美国演员詹姆斯·迪恩（James Dean）。

得要死，自己抽得很香。

问：现在呢？

答：我现在愈抽愈薄，连白色盒子的特醇万宝路都觉得太浓。我抽的尽是一毫克焦油的杂牌，不太吸得出烟来，太薄了，像在吸蜡烛。

问：你干脆戒掉好了。

答：我抽烟抽到喉咙就吐出去，不吸进肺里。戒与不戒没什么关系。抽烟完全是一种习惯、一种手瘾。我常说："我抽烟，是因为手指寂寞。"

问：要叫你戒，好像是不可能了吧？

答：怎么没可能呢？从前人家也说我绝对不会戒酒的呀！但是我现在已经少喝了，不是因为健康。就是忽然有一天，我认为天天喝酒，喝得有一点儿闷，就少喝。如果遇到好朋友，酒量照常，倪匡兄也说他戒了酒，但是我去三藩市找他时，二人聊聊天，就干掉了一瓶白兰地。如果有一天我觉得抽烟抽得闷，也会少抽。

问：你有没有收集烟灰盅和打火机的习惯？

答：有，家里其他什么都不多，就这两样东西最多。我到外国旅行，看到手工精巧，又花心思设计的烟灰盅，一定买了带回来，每一个烟灰盅都有一段故事。至于打火机，我从前用过名贵的，但是发觉它们重得像棺材一样，一带出去又即刻不见，好心痛。我现在用的都是即用即弃的那种，但要求设计漂亮；愈轻愈好，愈便宜愈好。我买的打火机，永远不会超过十美金。

问：你抽烟的习惯，像不像令尊？

答：像得不得了，他抽烟一直是在想东西或者和人家聊天，常常把烟灰留得长长的，别人看了替他担心会不会掉得满地都是的时候，他又在烟灰未断掉之前轻轻敲进烟灰盅里，这一点，我一模一样。认识我父亲的人，看到我这个样子，都说“有其父必有其子”。

问：你反对女人抽烟吗？

答：男人自己抽，怎会反对女人抽？有些女人点起一根烟，样子漂亮得不得了，我最爱看了。

问：你们抽烟，不怕影响到儿童吗？

答：倪匡兄说过：“好的孩子教不坏，坏的孩子教不好。”而且，这跟天生体质有关。有些人抽得了，有些人一闻到味道就怕。

问：你不会否认抽烟伤身的吧？

答：抽烟一定伤身。抽久了，支气管炎一定跟着来。每天早上也必定咳个不停。

问：那你还抽？

答：我常将快乐和病痛放在天平上，看哪一方面多一点儿。智者说过：“任何欢乐和享受都是由牺牲一点点的健康开始的。”

问：长途飞行时有烟瘾了，你怎么忍？

答：我起初不习惯，只有拼命吃朱古力；后来也不觉辛苦，十几个小时一下子就过了。比起人生，这十几个小时很短。

问：还是老话一句，戒了吧！

答：我会戒的。

问：真的？

答：真的，戒了之后，抽雪茄。

关于收藏

问：文人通常收藏些字画，你有没有?

答：我不例外，很少罢了。最珍贵的是冯康侯老师的书法和篆刻作品。老师生前，我不敢向他要，他自动送了我一两幅；过世后，我也向人买了一些，就此而已。

问：你的另一位老师丁雄泉呢?

答：他送过一幅小的给我。另外有一幅是他白描，由我上色，他为了我题上二人合作的字句，真是抬举我了。

问：其他呢?

答：有辛德信的几幅西洋画，以及弘一法师、丰子恺先生的一些作品，都是我心爱人物的作品。

问：按你现在的经济条件，收藏一些名人字画，是买得起的呀。

答：名人画也有好坏，不是精的买得起，精的买不起。精的留着在博物馆看，不精的不值得收藏。

问：你从来没有把收藏当成一种投资吗？

答：（叹）我不知说过多少次。收藏字画或其他艺术品，等到有一天要拿出来变卖，就倒了祖宗十八代的霉了。如果当成投资的话，我早就改行去学做古董鉴定家了。

问：你小的时候呢？

答：你小的时候也和同学一样，学过集邮，也下了不少功夫。如果那些邮票能留到现在也许值钱，但中途搬家搬了好几次，也散失了。

问：你年轻时呢？

答：在日本那个年代，我也收集过不少火柴盒，但一下子就厌了，全部扔掉了。不过我买打火机和烟灰盅的兴趣还是有的，每到一个新的地方，看到有特色的，一定买，不过不会花太多钱。多年下来，我也收集了好几百个。

问：我近来听说你要戒烟了？

答：我咳得厉害，看来是要戒的。

问：那么，你的那些打火机和烟灰盅呢？

答：我可以编好号码，集中起来卖掉，钱捐出去；卖不掉的话，找个我喜欢的人，也抽烟的，送给他好了。

问：你还有什么舍不得分给人的呢？

答：只有茶盅了。

问：茶盅？

答：也有人叫为盖碗。旧式茶楼像陆羽和莲香等，到现在也用作沏茶的瓷器。喝普洱的话，叶粗，用紫砂功夫茶壶不实际，还是用茶盅好。

问：你收藏的是什么茶盅？

答：只限于民国初期的。

问：为什么？

答：比民国初期还要老，像清朝的，太贵了，我买不起，还是去博物馆看；当今的，手工太粗、胎太厚、手感不佳、又俗气的居多，不值得买。

问：民国初期的茶盅有什么特别？

答：都是生活中用的，很平凡，但是当年的人比较优雅，做出来的普通用器，有很高的品位。我从四十年前来中国香港时开始收集，最多是三四十块港币一个。

问：现在呢？要卖多少？

答：至少四五百港币吧？有的还叫到一两千港币呢。

问：那你有多少个？

答：很多。

问：你会拿来用吗？

答：（笑）当然。这些所谓的半古董，打破了也不可惜。玩艺术品的境界，是摩挲。不拿在手上用，只是看，不过瘾的。

问：怎么用？

答：每天拿来沏茶呀。春天用花开鸟鸣的图案，夏天是古人在树下纳凉，秋天一片枫叶，冬天大雪中烹茶。还有大大小小、各种不同的状态，都可以变化来用。

问：你可以看出是真品吗？怎么看？

答：我不贪心，只研究一种茶盅，也只学民国初期的。像一个当铺学徒，从好货看起，我很努力地去博物馆看，看久了，知道什么是真的，什么是假的。

问：你买过假的吗？

答：当然。但是假的做得好的、妙的，我也当是真的。

问：你打破了多少个？

答：无数，多是菲律宾家政助理经手的。我自己洗濯时很小心，旅行时也带一个，放在锦盒中，不会碎。薄胎的茶盅很有趣，用久了总会有一道裂痕，但不会漏出水来，冲入滚水之后，瓷与瓷之间的分子相碰，竟然会发出锵的一声，像金属的撞击声，很爽脆、很好听。

问：我从来不会用茶盅，只懂得用茶壶，用茶盅会倒得满桌都是茶。

答：没有一个人从开始就会用茶盅的，都得经过训练。我开始的时候也和你一样，倒得满桌都是，后来立心学习，买一个普通茶盅，在冲凉时拼命学斟，一下子就学会了。你也应该学会的。

关于身价

问：有没有人找你拍广告？

答：有。

问：多少钱？

答：我和我的经理人徐胜鹤先生商量过。报纸、杂志广告，不出本人肖像者，二十万；连名带照片者，三十万；电视广告，五十万。不扣税，为期一年。

问：不扣税我明白，为什么要为期一年？

答：哈哈哈，请看曾江兄为染发膏拍的，当年签约一不小心，一登就是几十年，分文不得。

问：为什么我没看到你的电视广告呢？

答：哈，有些钱是赚不下手的。

问：这话怎么说？

答：有个内地楼盘叫广告公司找我，如果接了，拍完之后业主收不到楼，岂非变为罪人？

问：除了内地楼盘，香港地区广告商有没有找过你？

答：有一个用膏药贴着手臂戒烟的，我也接不成。他们说只要不在公众面前抽烟就是，我骗不了人，结果一分钱也没赚到。近年拍了电视旅游节目，找上门的更多，烦不胜烦，我想学“扬州八怪”之一的郑板桥撰写一张卖字画的润例。

问：什么叫润例？

答：价钱表哇。

问：郑板桥的润例是怎么写的？

答：大幅六两、中幅四两、小幅二两、条幅对联一两；扇子斗方五钱，凡送礼者，总不如白银为妙。公之所送，未必弟之所好也。送白银则心中喜乐，书画皆佳。礼物既属纠缠，赊欠尤为赖账。年老神倦，不能陪诸君子作无益语也。

问：什么叫不能陪诸君子作无益语？

答：套用白话：唔跟你地呢班契弟玩[①]。

---

① 大意是不跟你们这帮臭小子玩。

问：哈哈哈，这润例也坦白率真，郑板桥还说了些什么？

答：郑板桥还作了一首诗，贴在门口。诗曰："画竹多于买竹钱，纸高六尺价三千。任渠话旧论交接，只当秋风过耳边。"

问：你的润例会写些什么？

答：领带一条，港币五百。

问：还有呢？

答：斗方一千，对联二千，小幅字画四千，中幅一万，大幅两万。

问：要两万？

答：你试试看去画一幅大的画，画死人也。

问：叫你刻印呢？

答：一字一千。不包石头，你问问钟伟民石头有多贵！包了亏老本。

问：我也喜欢你刻的图章，可不可以算便宜一点儿？

答：对了。润例上边加一条，每次减价，收贵一成，十个巴仙（百分比的意思）。

问：要你签个名、照张照片，不会收钱吧？

答：我一直想弄个箱子，写着"献给联合国儿童基金会"，每签个名、每拍张照，任捐。

问：谁能保证这些钱会送到联合国？

答：不能保证，随心情而定。我记得亦舒曾经告诉我一段往事，说倪匡兄在学校时提箱子卖旗，结果大家都奇怪为什么他有钱买朱古力吃。倪匡兄是我的偶像，他做得出的事情，我都会学习。

问：听说很多人要去什么地方玩，都找你介绍当地的几家好餐厅，你收不收钱的？

答：到现在为止，总是免费。但麻烦到极点，从今之后，我要收钱。

问：你怎么一个收法？

答：我和一个网上购物的机构合作，把资料存进计算机，问世界上每个大都市的餐厅，都有详细的介绍。还有地址、电话、地图等，在哪一条街，向的士司机怎么说明，都写得清清楚楚，还有该餐厅的菜单、价目，要叫什么酒最好，哪一年份的喝得过。问我要资料的人，请他在网上找。

问：噢，这些资料还真管用。一份收多少钱？

答：十块港币。

问：那么便宜？

答：岂止便宜，我还会跟那些餐厅讲好，如果是下载我的资料，拿打印出来的证据，就可以得到十块港币以上的折扣。

问：钱怎么付？

答：信用卡呀。

问：谁相信信用卡？

答：你说得对。就快有一张有限额的卡出现，放进机器中，自动扣除，不怕信用卡号码给黑客盗用。

问：像八达通卡？

答：原则上有点儿像。

问：最后一个问题，你的身价值多少？

答：我曾经在金三角越过边界，给柬埔寨的官兵抓去，他们说要付赎金才能脱身。我问多少？他们回答两千港币。我知道，我只值两千港币罢了。

关于金钱

问：金钱，重要吗？

答：哈哈哈哈（干笑四声）。

问：中国香港是不是一个“以金钱挂帅”的社会？

答：英国大班的后代，来到维多利亚港，闻了一闻，问他手下道：“这是什么味道？”他的华人同事回答：“这是金钱的味道。”中国香港，是个钱港。

问：道德，是不是比金钱重要？

答：在中国香港，有二重、三重或四重的标准。有钱的人，娶四五个老婆，公开的，没人反对。像那位赌王，整天有他三姨太、四姨太的消息。大家都接受，像那位叫什么卿的女士，儿女成群，男友照样一个换了又一个，没有人说她“淫贱”。身边多几个女人，被人骂“咸湿佬”，是因为这个人，钱不够多。

问：高地价政策崩溃之前，有层楼的人都是百万富翁。当今大家都变成负资产了。

答：小部分罢了。买来自己住，变成负资产，是可怜的。多买一栋来炒，变成负资产，就不值得同情了，这像买股票一样，愿赌服输，怎么救他们呢？

问：那么大部分的中国香港人还是有钱的？

答：有，银行的存款，加起来还是数十亿。大部分的中国香港人花钱还是花得起，看花得值不值得而已。当今经济不景气，大家省一点儿，是中国香港人的应变能力。

问：你认为中国香港还是有前途的吗？

答：日本经济一衰退，就是十几年，大家不也过得好好的吗？中国香港也遇过好景的时代，都存了点儿钱。日本人现在一直在吃老本，十几年没吃完，我们也在吃老本，才几年罢了，呱呱叫干什么？

问：失业大军每天在增加，不怕吗？

答：失业率高的时候是在二十世纪五六十年代的中国香港，当年都挨了过来，可见香港人生存力多强！比起当年，现在的算得了什么？

问：你没担心过？

答：穷则变，变则通。做无牌小贩也好，做保安也好。不想做，是赚钱赚得不够多，现在几块钱就能吃一餐饱的。花园街上的衣服，也是几块钱一件。中国香港，很少饿死人，也没听过有人冷死。

问：你自己算是有钱吗？

答：那就要看有钱的定义是什么了！我只能说够用罢了，我的赚钱本领没有我花钱本领高，买几件看得上眼的古玩，足够令我倾家荡产。

问：你还没回答我，你重不重视金钱？

答：我年轻时被书籍害了，认为钱不重要，要有情有义，有些赚钱的生意给我，我也不想做；年纪大了才知道钱有多好，但是太迟。现在我什么钱都赚，连广告也接来拍。这么老了，还要抛头露面，牺牲“色相”，真丢人！

问：你有没有算过自己有多少钱？

答：真正有钱的人，才不知道自己有多少钱。我当然算过，但不是一个很清楚的数目。总之不多，刚才也说了，够用罢了。

问：你可不可以准确地为钱下一个定义？

答：钱，是好的，但是不能看得太重，当它是奴隶来使用。我从来不用钱包，把钞票往后裤袋一塞就是，有时会丢掉一些，也不可惜。因为塞在裤袋里的钱，加起来也没多少。

问：这是不是和你没有子女有关系？

答：你说到了问题的症结，是的，我的朋友存钱都是以存给子女为借口，有了下一代，对金钱的看法，和没有子女的人对存钱的看法完全两样。虽然没有子女，但至今我都没有后悔过。

问：你怕不怕有一天，忽然一点儿钱也没有？

答：永远有这个阴影存在。社会制度健全，就没这种担忧。比如日本，老人福利做得很好，看病不要钱，退休金也够养活余年。

但是要靠福利，就不是福利了，人一定要活得愉快。活得不愉快，不如别活下去，我一向主张要“活”，就要活得一天比一天更好！

问：你有钱才说这种风凉话。

答：我不知道说过多少次，这和金钱不能相提并论，活得一天比一天更好，是看你活得充不充实。多学一样东西，就多充实一点儿。记一记路旁的树，叫什么名字，这是不要钱的。记多了就成专家，成专家就能赚钱。

问：我完全听不进去，看你有一天，真正穷了，你能干些什么？

答：到路边去替人家写挥春[①]呀！

问：字也要写得像样才行！

答：之前你就要学呀，学书法花得了你多少钱？学了生活就充实了。生活充实，人就有信心。多学几样，每一样都是赚钱工具，不要等到要靠它吃饱才去学。

问：有了钱，你会不会包二奶？

答：我的钱，不够包二奶。要是够的话，就不叫二奶了。

问：那叫什么？

答：叫红颜知己呀！

---

① 挥春：指春联。

关于想做的事情

问：你还有什么想做的事情?

答：太多了。

问：举一个例子?

答：以前，作文课要写《我的志愿》，我写了想开间妓院，差点儿被老师开除。

问：你在说笑吧?

答：我总是说说笑笑之后，就做了。像做“暴暴茶”、开餐厅等。我还说过以我的日语能力，不拍电影的话，大不了举一面小旗，当导游去。

问：你真的要开妓院?

答：唔，地点最好是中国澳门，我租一间大屋，请名厨来烧绝了种的好菜，招聘些懂得琴棋书画的女子作陪，卖艺不卖身。多好!

问：她们早给有钱佬包去了。

答：两年合同，我担保她们赚两百万港币，她们就不会那么快被挖走。要是她们中途退出的话，双倍赔偿。有人要包，乐得他们去包，我只当盈利。我见得有标青[①]的女子，再立张合约，价钱加倍。

问：哈哈哈，也许行得通。

答：绝对行得通。

问：还有呢？

答：想开间烹调学校。集中外名厨，教导学生。我很明白年轻人不想再读书的痛苦。有兴趣的话，当他们的师傅去。学会包寿司，一个月也有一万到四万不等的收入。父母都想让儿女有一技之长，送来这所学校就行。

问：还有呢？

答：做个网站，供应全世界的旅行资料。当然包括最好吃的餐厅，贵贱由人，不过资料要很详细才行。我看到一些网站，上了一次就没有兴趣再看，那就是最蠢不过的事情。在我这里，不只找得到地址、电话，连餐牌都齐全，推荐你点什么菜、哪一年份的酒，让上网的人很有自信地走进世界上任何一间著名的餐厅，不会失礼。

---

① 标青：非常出众之意。

问：还有呢？

答：开一个儿童兴趣班。我教小孩画画、书法，也可以同时向他们学习失去的童真。

问：还有呢？

答：你怎么老是只问“还有呢”？

问：除了教儿童，你说的都是吃喝玩乐，有什么较有学术性的愿望？

答：吃喝玩乐，才最有学术性。我知道你要问什么，较为枯燥的是不是？也有，我在巴塞罗那住了一年，研究建筑家高迪（Gaudi）的作品，收集了很多他的资料，想拍一部电脑动画，关于圣家族教堂。这座教堂再多花一百年工夫，也未必能够完成，我这一生中看不到，只有靠电脑动画来完成它。根据高迪原来的设计图，这座教堂完成时，塔顶有许多探照灯发出五颜六色的光线，照耀全城，塔尖中藏的铜管，能奏出音色特别多的风琴音乐。这时整个巴塞罗那像一座最大的的士高，来了很多嘉宾，用动画让李小龙、玛丽莲・梦露（Marilyn Monroe）、詹姆斯・迪恩（James Dean）、戴安娜王妃（Diana Frances Spencer）、杨贵妃、李白等人“复活”，和市民一起狂舞，一定很好看。

问：生意呢，你有什么生意想做？

答：我在南斯拉夫也住过一年多，认识很多高管干部，都很有钱，他们买了很多钻石给他们的太太，现在打完仗，钻石不能当饭吃，卖了也不可惜。我在日本工作时有一个很信得过的女秘书，嫁了一个钻石鉴定家，和他合作，我们两人一边在东欧玩，一边收购了一些钻石，拿回来卖，也能赚几个钱。

问：这主意真古怪。

答：不一定是古怪才有生意做。有些现有的资料，等你去发掘，像我们可以到专利局去，翻开档案，里面会有一些发明，当年太先进了，做起来失败，就那么扔到一边；现在看来，当年也许是最合时宜的，买版权回来制造，赚个满钵也说不定。

问：写作呢？还有什么想写的书？

答：当然有啦，我那本《追踪十三妹》只写了上、下二册，故事还没讲完。我做了十年以上十三妹的研究，有很多资料，也把自己经历过的事情、遇到的人物写在里面，每一个故事都和十三妹有关联，一直写下去，以二十世纪六十年代到七十年代的中国香港为背景，记录这十年的文化，包括音乐、著作、吃的东西、玩的东西。

问：那么多的兴趣，你要等到什么时候才去做？是不是要等到退休？

答：我早已退休了，从很年轻开始已经学会退休。我一直觉得时间不够用，只能在某一段时期，做某件事情，什么时候开始，什么时候终结，随缘吧。

问：最后要做的事情是什么呢？

答：等到我所有的欲望都消失了，像看到好吃的东西也不想吃，好看的女人也不想和她们睡觉时，我就去雕刻佛像。我好像说过这件事情，我在清迈有一块地，可以建造一间工作室，到时天天刻佛像，刻后涂上五颜六色的颜料，佛像的脸，像你、像我，不一定是佛。

关于实话

问：你十四岁时在《星洲日报》发表的第一篇文章是什么？

答：好像是《疯人院》，它在我那本《蔡澜随笔》中重新刊登过一次。

问：这对你后来的人生道路有什么影响？

答：我不知道有什么影响。当年我只写来赚零用钱，带同学去吃喝玩乐。

问：你喜欢的美食都很昂贵吗？

答：绝不。我并不爱鲍参肚翅。

问：在家里，你对饮食的要求是怎么样的？

答：尽量清淡。

问：你反对一夫一妻，说婚姻是一种野蛮的制度，但自己还是结婚且多年婚姻稳定，这不是和你的立场矛盾吗？

答：妈妈催婚，我很孝顺。婚姻稳定，是我结婚时做的承诺，我遵守诺言，父母教的。立场并不矛盾，只是喜欢身边多几位美女。

问：已近古稀之年，但你依然身兼多职，有没有打算哪天退休，然后像普通老头那样终老？

答：患了阿尔茨海默病，就退休。老，是不能免的，是另一种人生阶段，也得享受，花时间补读未完书，不一定要花很多钱。不然活着，等于没活。

问：相亲，是解决单身问题的最好办法吗？

答：当然。相亲等于免费的婚姻介绍所，何乐不为？多看几个，不喜欢拉倒，没有强制的判断，为什么不去做呢？

问：年龄大了，迫不得已结婚，这个心态应该如何把握？

答：没有一条法律强迫你一定要结婚。结了婚也不一定是件好事，目前在西方不结婚的男女多的是，大家都照样活下去，不会死人。人家结了婚，自己没结婚，又如何？人生总有些憾事，当成其中一件好了，重要的是活得开心。活得开心，与结不结婚没有关系。

问：如果有很多人参加你的单身旅行团，那么在众多女性成员中，如何让自己脱颖而出？

答：你要有幽默感，让大家开心，一定会给对方留下深刻的印象。

问：假设你作为单身成员之一参加，什么样的女性是你特别想遇到的？

答：和上一个问题一样，我最喜欢遇到一些谈吐有趣的女人。你知道的，有些事情，做多了会生厌。但有一个风趣的人做伴，那么多久都不会生厌。

问：相亲旅行团有什么地方是最佳旅行地点，是能激发感情的场合？

答：日本的男女混浴温泉区最好，坦诚相见。

问：你组织过的单身相亲旅行团，成功吗？

答：并不成功。大家以为是嫁不出去或娶不到老婆才会参加的，都觉得丢脸，参加的人数很少。当今的年轻男女，多数还是很假。

问：对于急着找个伴侣的单身女性，你有什么建议给她们？

答：没有建议。我一向相信老人家所言：姻缘不到，急也没有用。如果命中注定你们嫁不了人，就别嫁了。但机会总是有的，我们不是常看到朋友之中，有很多娶了很难看的女人吗？耐心地等吧！做人，为什么要迂腐到非嫁不可？多学习，多自我增值，潇洒地活一回，总有人会欣赏。

问：你提出的忠告是否希望真的有人去听、去遵循？

答：我并不以为我提的是忠告，只是老生常谈而已。有没有人听，干我何事？

问：会不会听了误人子弟？耽误别人终身是很严重的事情呀！

答：说实话会耽误别人终身？哈哈哈哈。

问：你觉得最无稽的一条健康建议是什么？

答：别吃猪油。

我经历，我得之，
我遣之，我放下。